세상에서 가장 소중한 **96**가지 이야기

이도환 엮음

세상에서 가장 소중한 96가지 이야기

이가출판사

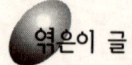

밥을 먹다가 밥그릇 속에서 작은 돌이 하나 나오면 사람들은 화를 내며 이렇게 말합니다.

"이거 순 돌이잖아!"

작은 돌은 단지 하나였을 뿐이고 그보다 몇백 배 더 많은 밥알이 담긴 그릇인데도 말입니다.

바닷가를 거닐다가 진주를 하나 발견한 사람은 옆의 친구에게 이렇게 말합니다.

"여긴 모래밭이 아니야, 진주밭이라구!"

진주는 단 한 알에 불과했고, 모래는 가득 쌓인 곳인데도 말입니다.

우리네 인생살이는, 물론 작은 차이는 있겠지만 대부분 힘들고 어려움의 연속입니다. 삶의 무게가 버거워 어깨가 저리고 지친 무릎이 꺾이기도 합니다.

'남들은 다들 행복해 보이는데……'라는 생각도 듭니다.

그러나 이런 이야기 아십니까?

행복에게는 열 명의 자식이 있는데, 그 이름이 미움, 분노, 싸움, 질투, 고통, 슬픔, 이별, 눈물, 질병, 그리고 쓰레기 썩는 냄새라는 것입니다. 행복과 같이 살고 싶다면 당연히 행복에게 딸린 자식들도 따스하게 보듬어 안아야 합니다.

이 책 속에는, 미움과 분노 속에서도 작은 사랑의 씨앗을 발견하는 지혜, 싸움과 질투 속에서도 작은 정을 깨닫는 여유로움, 고통과 슬픔과 이별과 눈물과 질병 속에서도 희망을 품을 수 있는 용기, 그리고 쓰레기가 썩어가는 악취 속에서도 향기로울 수 있는 아름다움의 비법이 숨어 있습니다. 한번 잘 찾아보십시오.

모래밭을 진주밭으로 만들 수 있는 것은 기기묘묘한 마술이 아니라 바로 우리의 마음이란 사실을 잊지 마세요. 당신 곁에 '정말로 행복해 보이는 사람'이 있습니까? 자세히 살펴보세요. 그에게는 충분히 불행할 수 있는 이유들이 많이 있을 것입니다. 그럼에도 불구하고 그가 행복해 보이는 것은 불행하지 않아서가 아니라 지혜와 여유, 그리고 희망과 용기라는 아름다움이 있기 때문일 것입니다.

아주 불행하고 불만투성이인 삶에는 그럴 만한 이유가 있지만 행복하고 만족스런 삶에는 이유가 없답니다. 무엇 때문에 행복한 것은 절대 아니라는 뜻이죠. '때문에'는 불행의 친구이지 행복의 친구는 아닙니다.

"지식을 원한다면 매일 어떠한 것을 취하라. 그러나 지혜를 얻고 싶다면 매일 어떠한 것을 버려라." 옛 성현의 말입니다.

이유 없이 행복하고 유쾌한 삶, 그런 삶을 누리시길 바랍니다.

관악산 기슭에서   이도환

1

사랑의 향기

2

지혜의 향기

3

삶의 향기

4

희망의 향기

세 · 상 · 에 · 서 · 가 · 장 · 소 · 중 · 한 · 96 · 가 · 지 · 이 · 야 · 기

삶의 지혜와 사랑을 전해 주는 아름다운 이야기

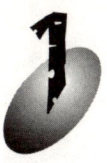

사랑의 향기

한 번뿐인 사랑

세상에 사랑은 오직 한 번뿐이라고 믿는 남자가 있었다. 두 사람은 어느 하나가 없는 세상은 상상할 수도 없었고 서로에 대한 사랑이 깊어져 결혼을 하게 되었다.

하지만 사랑은 기쁨보다 더 큰 슬픔을 간직한 것이라는 걸 증명이라도 하듯 그의 아내가 불의의 사고를 당하여 불구가 되었다. 그러나 그의 사랑은 변함이 없었고 아내의 곁을 떠나지 않고 항상 함께 있으며 아내를 지켜 주었다.

그러던 어느 날 그는 아내의 침대 곁에서 잠이 들게 되었다가 시끄러운 새 소리에 잠을 깨었다. 그는 창 밖에서 지서귀고 있던 새들을 한참 동안 바라보다가 종이를 꺼내 무언가를 적더니 밖으로 나갔다. 한참 후에 다시 아내의 곁으로 돌아와서는 곱게 잠이 든 아내의 얼굴을 안쓰러운 듯 바라보다 창문 가까이 걸어갔다. 그가 내다보는 창 밖의 수십 그루의 나무에는 흰 종이가 나풀거리고 있었고 거기에는 이렇게 적혀 있었다.

"새들아, 울지 말아다오. 지금은 사랑하는 아내가 잠들어 있단다. 부디 그녀를 깨우지 말아다오."

"만일 당신이 나를 사랑한다면 오로지 사랑 때문에 사랑해야 합니다." 라는 시 구절이 있습니다.

우리가 누군가를 사랑한다면 사랑 때문에 사랑하여야 하며, 사랑은 받는 것이 아니고 주는 것이라는 말처럼 우리가 참된 사랑의 소유자이기 위해서는 무조건적인 사랑이어야 합니다. 그것이 티없는 사랑입니다.

큰 것은 누구나 줄 수 있지만 작은 것은 주기 힘듭니다. 작은 것을 주는 것은 정성이며 그것이 바로 사랑입니다.

꿀물과 독약

하루 일을 마치고 피곤한 몸으로 귀가하던 한 청년에게 사탄이 찾아왔다. 사탄은 자신이 들고 있는 열 개의 병을 내보이며 청년에게 게임을 하자고 하였다.

"이 열 개의 병 중에 단 한 개에만 독약이 들어 있고 나머지 아홉 개의 병에는 달콤한 꿀이 들어 있지. 만약에 자네가 꿀이 들어 있는 병을 고른다면 엄청난 돈을 주겠네. 자, 한번 골라 보게나."

청년은 고민하다가 병 한 개를 골라서 마셨다. 꿀물이 목을 타고 들어왔다.

"와! 살았다. 자, 어서 약속한 돈을 주고 썩 꺼져 버려라."

의기양양한 청년에게 사탄은 약속한대로 엄청나게 큰돈

을 주며 말했다.

"언제라도 돈이 필요할 때 날 찾아오게나. 다음에는 돈을 곱으로 주겠네."

청년은 쉽게 많은 돈을 벌게 되니 생활 자체가 달라졌다. 다니던 직장도 그만두었고 술과 도박에 깊이 빠져 버렸다. 술로 인해 건강은 극도로 나빠지고 더 이상 직장을 구할 생각도 하지 않은 채 점점 나이만 먹어 갔다. 돈이 필요할 때는 스스럼없이 사탄을 찾아가 게임을 하고 돈을 가져왔다.

어느덧 청년은 노인이 되었고 이제 병은 두 개만 남게 되었다. 떨리는 손으로 마지막 남은 두 개의 병 중에서 하나를 골랐다. 그리고 단숨에 들이켰더니 그것도 꿀물이었다.

"내가 이겼어! 마지막까지 내가 이긴 거야. 자, 돈을 줘. 어서 달라고."

기뻐하는 그의 모습을 비웃듯이 지켜보던 사탄은 마지막 남은 병을 자신이 들이켰다.

"자, 이래도 네가 이겼다고 생각하나? 애초에 독약이란 것은 있지도 않았어. 하지만 너는 독약으로 인해 이미 죽어가고 있어. 내가 준 턱없이 많은 돈으로 인해 너의 인생은 이미 돌이킬 수 없이 망가져 버렸어. 나는 돈으로 네 인생을 산 거야."

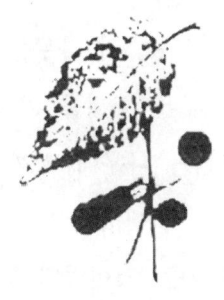 사람들은 부유한 것을 축복이라고 생각하지만 그렇지 않은 경우가 많습니다. 그것은 돈 자체가 이상한 속성을 가지고 있기 때문입니다.

돈은 자신을 추종하는 자들 위에 신처럼 군림하면서 사람을 다치게도 하고 지옥으로 이끌기도 합니다. 그러므로 돈을 많이 가지고 있든 그렇지 않든간에 돈이 자신의 우상이 되지 않을 정도로만 갖고 있으면 그것이 진정한 부유함이요 축복인 것입니다. 돈은 나의 하인일 뿐이지 상전은 아니기 때문입니다.

가시나무의 비밀

어떤 사람이 어린 딸과 함께 산에 살면서 양치기를 하고 있었다.

어느 날 아버지와 딸은 잃어버린 양을 찾다가 그 양이 가시나무에 걸려서 빠져나오지 못한 채 버둥거리고 있는 것을 보았다. 그들은 조심스럽게 그 양을 가시덤불에서 빼내었으나 그 양은 이미 여러 곳이 긁히고 상처가 나 있었다. 양의 상처를 보고 어린 딸은 울면서 말했다.

"아빠, 저 나무가 미워요. 저 나무를 잘라 버리세요."

다음 날 아버지와 딸은 도끼를 가지고 그 나무를 잘라 버리려고 그 곳에 갔다. 나무에 가까이 갔을 때 작은 새 한 마리가 그 가시나무 위에 앉더니 양이 가시에 긁히면서 남겨 놓은 털을 물고 가는 것이었다.

그 모습을 자세히 살펴보던 어린 딸이 아버지에게 말했

다.

"아빠, 하느님께서 이 곳에 가시나무를 자라게 하시는 이유를 알았어요. 나무의 가시들은 작은 새가 집을 지을 수 있는 부드러운 털을 모으는 일을 하나 봐요."

길가에 세워진 축대를 본 적이 있습니까? 여러 가지 모양의 돌들이 모여 단단한 축대를 이루고 있는 모습 말입니다. 큰 돌만 모여서는 단단한 축대를 이룰 수 없습니다. 큰 돌과 큰 돌 사이에 작고 보잘 것없는 돌이 들어가 균형을 잡아 주는 것이죠.

세상의 이치가 이와 같습니다. 잘난 것과 못난 것, 멋진 것과 볼품없는 것들이 서로 어우러져 세상을 만들어 갑니다. 그 모두가 똑같이 가치 있는 일을 하고 있는 것이죠. 바로 당신까지 포함해서 말입니다.

나타낼 수 없는 모습

소녀가 누명을 쓰고 단두대에서 처형을 당하게 되었다. 많은 사람들이 광장으로 모여들어 소녀의 죽음을 슬퍼하였다. 소녀의 어머니도 자신의 눈앞에서 처형당하는 딸의 모습을 보고 이루 말할 수 없는 슬픔에 잠겼다.

사람들이 소녀의 죽음을 너무도 슬퍼하자 그곳에 있던 한 화가가 사람들의 슬퍼하는 모습을 그리기 시작하였다. 그런데 어찌나 생생하게 그렸던지 그림을 본 사람이라면 누구나 할 것 없이 눈물을 흘렸다.

하지만 문제는 그녀의 어머니였다. 가장 슬퍼해야 할 어머니의 얼굴이 그림 속에서는 가려져 있었던 것이다. 궁금하게 여긴 사람들이 화가에게 그 이유를 물었다.

"당신들의 슬픔은 내일이면 잊을 수 있는 것이기에 그릴 수 있었지만 소녀 어머니의 얼굴은 그 어떤 뛰어난 화가라 할지라도 감히 그릴 수 없는 한 인간의 영혼에서 진심으로 우러나오는 슬픔 그 자체였기 때문에 그릴 수가 없었습니다."

태어나면서부터 몸을 제대로 가누지 못하는 뇌성마비 소녀가 있었다. 소녀를 낳은 어머니는 절망에 빠지게 되었지만 딸을 위해 평생을 헌신하기로 마음먹었다. 매일 매일이 힘든 나날이었지만 딸 앞에서는 항상 밝은 모습을 보였고 딸과 함께 학교를 다니며 같이 공부하였다. 결국 어머니의 헌신적인 노력 끝에 고등학교를 무사히 마치게 된 딸이 졸업식장 단상에 올라 이렇게 말했다.

"제가 어머니의 은혜를 갚을 수 있는 유일한 길이 있다면 그것은 제가 다음 세상에 태어나 어머니의 어머니가 되는 것뿐이라고 생각합니다."

……어머니는 그런 존재입니다.

눈동자 속의 모습

중국 최고의 화가 중에 한 사람이 역대 명화를 베끼는 것을 취미로 삼았다. 명화를 소장한 사람들이 그 작품을 얼마나 잘 알고 있는지 시험해보고 싶어서였다.

화가는 명화를 소장한 사람에게 그림을 빌려 그것을 베낀 다음 돌려줄 때는 원화 대신에 모작을 건네주었다. 그러면 대부분의 소장가들은 가짜인 줄도 모르고 집으로 가지고 갔다. 하지만 원숭이도 나무에서 떨어지는 법, 그림의 대가라 불리는 대승의 그림을 모사했다가 크게 망신을 당하였다.

어느 날 화가가 대승의 '소' 그림을 빌려 베낀 다음 주인에게 돌려주었다. 그런데 주인이 돌아간지 반나절이 지났을 무렵 그림의 주인이 씩씩거리며 돌아와 다짜고짜 멱살을 쥐고 흔들면서 소리를 질러댔다.

"이런 나쁜 놈, 내 진짜 그림을 내놓아라."

화가는 도대체 그림의 주인이 어떻게 가짜인 것을 알았는지 궁금하여 물었다.

"이놈아, 대승이 그린 소의 눈동자를 한 번 보아라. 그 속에 소를 끌고 가는 목동이 보이느냐?"

그제야 화가는 그림을 자세히 보았다. 그러자 과연 소의 눈동자에 소를 끌고 가는 목동이 있는 게 아닌가. 게다가 더 기가 막힌 것은 목동의 눈에도 소가 있다는 사실이었다.

진정한 대가는 남이 자신의 작품을 흉내내는 것을 두려워하여 스스로 대비책을 마련하지 않습니다. 다만 그 누구도 감히 흉내낼 수 없는 작품만을 남길 뿐입니다.

여기가 바로 지옥

너무 바빠서 눈 코 뜰 사이가 없는 사람이 있었다. 그에게는 회답을 하지 못한 편지가 산더미처럼 쌓여 있었고, 약속은 밀려 있고 처리해야 할 일이 너무도 많았다. 그래서 그는 아무 일 없이 빈둥빈둥 노는 사람이 너무나도 부러웠다.

어느 날 그 사람이 잠깐 사이에 꿈을 꾸게 되었다. 아주 멋진 사무실에 앉아 있는데 편지나 서류 한 장 없는 깨끗한 책상에다가 약속 메모도 없고 처리할 일도 없었다. 고요하고 아늑한 맛이 꼭 천국 같았다.

"아! 이것이 행복이구나."

그런데 갑자기 '내가 지금 뭘 하고 있는 거지?' 하는 생각과 함께 매일 오던 우편배달원이 오늘은 자기에게 들리지 않고 그냥 지나쳐가는 것이 보였다.

그는 우편배달원을 불러서 물어보았다.

"여기가 도대체 어디지요?"

"그것도 아직 모르셨어요? 여기가 바로 지옥입니다."

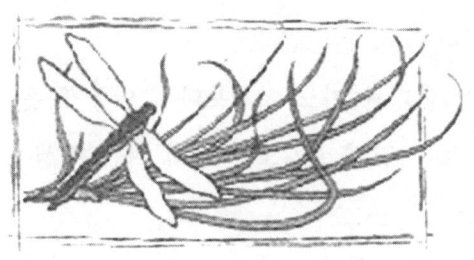

흐르지 않는 물은 썩는 법이며 움직이지 않는 몸은 죽은 몸입니다. 할 일이 있다는 것처럼 커다란 축복은 없습니다.

아니, 혹시, 믿음

같은 모양과 색깔을 지닌 튤립 세 뿌리가 있었다. 각각 '아니', '혹시', '믿음' 이란 이름을 지닌 세 뿌리의 튤립은 함께 조그만 상자 바닥에 몸을 맞대고 살고 있었다.

그들은 자신들의 운명에 대해서 곰곰이 생각했다.

먼저 아니 뿌리가 말했다.

"이 세상 어디를 가도 여기보다 편안한 곳은 없을 거야. 다른 곳으로 가면 죽을지도 모르니 나는 평생 여기에서 살 거야."

이번에는 혹시 뿌리가 말했다.

"여기보다 혹시 더 좋은 곳이 있을지도 몰라. 어쩌면 그 곳에서 나의 꿈을 이루게 될지도 모르지. 하지만 나는 두려워."

마지막으로 믿음 뿌리가 말했다.

"내 스스로 아무것도 할 수 없을지 몰라. 하지만 나는 내 자신을 믿고 있어. 어떤 변화가 있다 해도 내가 나대로의 모습으로 최선을 다한다면 꼭 좋은 일이 생길 거야."

그러던 어느 날 거대한 손이 튤립 상자 안으로 들어왔다. 아니와 혹시가 상자 밖으로 나가는 것이 두려워 몸을 움츠리고 있을 때 믿음은 그 손에 얼른 안겼다. 그리고 부드러운 흙 속에 묻혔다.

아니와 혹시는 믿음을 어리석다고 비웃었다. 그런데 시간이 지나자 흙 속에 묻혀 죽은 줄 알았던 믿음이 세상 밖으로 박차고 나왔다. 그리고는 아름다운 꽃으로 피어나 세상에 향기를 더하는 삶을 살게 되었다.

가만히 앉아 있으면 산에 오를 수 없는 것과 마찬가지로 가만히 있는 사람에게는 보람찬 미래가 오지 않습니다.

미래에 이루고 싶은 이상이 있으면 그 이상을 가슴에 품고만 있어서는 안 됩니다. 도전과 노력으로 그 이상을 향해 나아가야 합니다. 그대를 정상으로 데려다 주는 것은 그대 자신의 발걸음뿐입니다.

인간의 멸망

악마들이 모여 중대한 회의를 열었다. 회의 주제는 어떻게 하면 모든 인간을 멸망시킬 수 있는가 하는 것이었다. 많은 악마들이 하나씩 자신의 의견을 제시하며 연구발표를 하였다.

한 악마가 자신에 찬 목소리로 말했다.

"인간들은 돈에 약합니다. 그러므로 돈을 많이 주어 흥청망청 쓰도록 해서 인간을 타락시켜 버리는 것입니다."

또 다른 악마는 다른 의견을 내놓았다.

"아닙니다. 인간은 술이 많이 들어가면 추잡하게 되니 술로 인간을 공략해야 합니다."

그 외에도 인간의 욕심을 키워야 한다는 등 여러 의견들이 나왔지만 악마의 왕은 별로 신통치 않았는지 아무 반응 없이 가만히 있었다. 바로 그때 구석에 앉아 있던 늙은 악마가 일어나 말했다.

"여보게 젊은이들, 그 의견은 다 사용해 본 방법이라네. 하지만 그것으로 인간들을 부분적으로는 우리의 소유로 만들고 망하게 할 수 있었으나 완전히 굴복시키지는 못했다네. 왜냐하면 인간에게는 소망과 사랑이라는 것이 있기 때문이라네. 아무래도 소망과 사랑이란 것을 인간에게서 빼앗아 버려야 그들을 전부 망하게 할 수 있을 것이네."

한 남자가 세일에서 자전거를 5달러를 주고 한 대 구입하였습니다. 가격에 비해 자전거는 훌륭하였기에 그 남자는 크게 만족하였습니다. 또한 그 자전거는 겉으로 보기에 볼품이 없었기에 어디에 세워두어도 도둑맞을 염려가 전혀 없었습니다.

두 해가 지나서 남자는 새 자전거를 구입하였고 그 자전거를 세워둘 때는 꼭 자물쇠를 채워야만 하였습니다.

물건을 소유한다는 것은 이런 것입니다. 하지만 인생에서 가장 소중하고 귀중한 물건을 간직할 때는 자물쇠가 필요 없습니다. 사랑, 소망, 우정, 추억 등 이런 것들은 자물쇠로 보관하지 않아도 좋습니다.

본성이 그렇기에

선승이 커다란 나무 밑에서 참선을 하고 있었다. 수령이 오래된 그 나무는 강둑까지 뿌리들이 뻗어 있었다. 선승이 강을 보니 간밤에 내린 비 때문에 급속히 물이 불어나고 있었다.

그때 마침 나무 뿌리에 전갈 한 마리가 겨우 매달려 있는 게 눈에 띄었다. 그대로 두면 급한 물살에 휩쓸려 갈 것처럼 보였다. 그때 한 남자가 나무의 뿌리를 잡고 강둑을 내려가서 전갈을 구해내려고 하였다. 그러나 그가 손을 내밀 때마다 전갈은 꼬리를 세워서 쏘아 댔다.

그 모습을 옆에서 한참 동안 지켜보던 선승이 참다못해서 나섰다.

"전갈이라는 게 본디 늘 쏘고 싶어하는 본성이 있다는 것을 모르시는지요."

30

여전히 힘들게 나무의 뿌리를 붙잡고서 전갈을 구해 내려 애쓰던 남자가 선승을 바라보며 말했다.

"그럴 수도 있겠지요. 그러나 내 본성은 생명을 구하는 것입니다. 그러니 낸들 어쩌겠습니까? 전갈이 자신의 본성을 바꾸지 않는다고 해서 내가 본성을 바꾸어야 하는지요."

장님이 절벽을 향해 걸어가고 있었습니다. 그 모습을 본 젊은 이가 달려가 장님의 팔을 잡고 말했습니다.

"그 쪽으로 계속 가면 절벽으로 떨어지게 됩니다."

그러자 장님이 벌컥 화를 내며 이렇게 말했습니다.

"그만 둬. 이제까지 모두들 내가 앞을 보지 못한다고 나를 속이고 모든 것을 빼앗았어. 그런데 내가 당신을 어떻게 믿을 수가 있겠나? 나는 이제 아무도 믿지 않는다네. 그냥 내가 가고 싶은 곳으로 가겠네."

당신이 그 젊은이라면 어떻게 하겠습니까? 아니, 당신이 그 장님이라면?

독초의 싹

옛날 어느 나라에 어진 왕이 살고 있었다. 그런데 어찌된 일인지 하나밖에 없는 왕자가 성질이 고약하고 심술궂었기에 이 망나니 같은 왕자에게 장차 왕의 자리를 어떻게 물려주어야 할지 왕은 걱정이 태산이었다.

왕은 그 나라에서 가장 어질고 현명하다는 현자를 불러 왕자의 못된 성격을 바로잡아 달라고 부탁하였다. 그런데 현자가 왕궁에 들어와서 하는 일이라고는 그저 숲속을 한가로이 산책하는 일 뿐이어서 왕은 마음속으로 '현자도 별 수 없군' 하고 별로 기대를 하지 않았다.

그런데 어느 날 현자는 이제 막 새싹이 돋아나기 시작하는 풀 한 포기를 왕자에게 가리키며 그 새싹을 조금 씹어 보라고 하였다. 왕자는 현자의 말대로 그 풀의 싹을 조금

뜯어 맛을 보다가 뱉어 버리고 말았다.

"선생님, 이것은 독초입니다. 이제 막 올라오는 새싹에도 이 정도의 독이 들어 있다면 이 풀이 다 자라면 많은 사람을 죽이겠습니다."

그러자 현자가 조용히 말했다.

"왕자님, 왕자님께서는 이 독초를 조금 맛보시고 뿌리째 뽑아 멀리 던져 버리셨는데, 만약 백성들이 왕자님을 이 독초와 같다고 여긴다면 어찌되겠습니까?"

왕자는 지금까지 자기가 행해 온 지난 일들을 떠올려 보며 생각에 잠기더니 말했다.

"그렇군요. 제가 저 독초를 뿌리째 뽑아 멀리 버렸듯이 우리 백성들도 저를 당장 없애 버리겠군요."

현자는 왕자에게 행실을 이렇게 저렇게 하라는 등 아무런 충고도 하지 않았다. 그런데도 왕자는 그 후부터 못된 행실을 바로 고치게 되었다.

사람이 불행하게 되거나 잘못된 길로 접어들어 인생을 망치게 되는 이유는 사람의 눈 때문입니다. 자신의 눈으로는 자신의 얼굴을 볼 수 없기 때문에 길가의 꽃은 자세히 알고 들판의 곡식이 자라나는 모습은 정확히 파악하고 있으면서도 자신이 성장하고 걸어가는 모습은 보지 못합니다. 결국 세상의 모든 것은 알면서도 자기 자신에 대해서는 아무 것도 모르게 되는 것입니다.

그러나 세상의 이치는 간단합니다. 주변의 사물을 자세히 살펴보면 바로 거기에 자신의 모습과 미래가 나타나게 되는 것입니다. 현자와 우매한 사람의 차이가 바로 그것입니다.

십자가의 무게

여러 번 강도 짓을 일삼던 사내가 어느 신부의 도움으로 회개하게 되었다. 그 사내는 신부에게 자신이 지은 죄를 어떻게 하면 속죄할 수 있을지 물었다.

신부는 무거운 십자가를 지고 성지순례를 떠날 것을 권했고 사내는 즉시 커다란 십자가를 만들어서 길을 나섰다. 처음에는 모든 것이 순조로웠다. 십자가의 무게가 대단했지만 그 정도를 감당하는 데는 별 무리가 없었다. 그러나 며칠이 지나자 어깨가 붓고 저려왔다.

사내는 십자가를 어떻게 하면 가볍게 만들 수 있을까 궁리하다가 십지가의 양쪽 팔을 잘라내었다.

"십자가의 팔이 훨씬 짧아지기는 했지만 그래도 십자가는 십자가가 아닌가."

사내는 이제 훨씬 편해졌다. 그러나 먹을 것조차 찾을 수 없는 사막에 들어서자 사정은 마찬가지였다. 아무 것도 먹지 못한 채 사흘 동안 사막을 헤맸다.

사내는 더욱 무겁게 짓누르는 십자가의 무게를 감당하기가 힘들어서 다시 십자가의 길이를 반으로 잘라내었다.

나흘 째 되던 날 사내는 지평선 너머에 있는 도시를 발견하고서 어쩔 줄을 몰랐다. 지친 몸을 이끌고 빠른 걸음으로 그곳을 향해서 달려갔다.

그런데 저녁 무렵이 되자 예상하지 못한 장애물을 만나게 되었다. 그 앞에는 깊이 패인 절벽이 가로막고 있었다. 어디를 둘러보아도 다리를 찾을 수가 없었다.

사내는 생각했다.

'그래, 지금까지 지고 온 이 십자가로 다리를 삼아야겠다.'

그러나 지금까지 걸어오면서 힘이 들 때마다 십자가를 잘라 내었기 때문에 십자가의 길이가 너무 짧아서 다리로 대신할 수가 없었다.

인생에도 색깔이 있습니다. 온종일 내리던 비 끝에 찬란하게 피어오르는 무지개처럼 말입니다. 나 혼자만의 색깔이 아닌 일곱 색깔의 무지개처럼.

사노라면 기쁨과 슬픔, 절망과 환희 그러한 것들을 겪게 마련입니다. 삶이 어렵고 두렵다고 해서 피해갈 수는 없습니다. 힘든 절망의 순간을 잘 이겨내고 나면 우리의 존재는 더욱 성숙해지고 절망의 순간을 잘 대처하고 나면 삶의 지혜가 한 움큼 쌓이게 됩니다.

기쁨도 슬픔도, 그리고 절망과 환희도 모두 나의 몫이라면 단단히 끌어안고 걸어갈 일입니다.

세상에서 보낸 자료

세상에 살아 있을 때 호화로운 생활과 주위의 부러움을 한 몸에 받던 부자가 있었다. 부자가 죽어서 천국에 도착하자 천사가 마중을 나왔다. 천사는 부자가 앞으로 살아갈 집으로 안내하였다.

그들은 길가에 줄지어 늘어선 아름다운 저택들 사이로 지나갔다. 저택들 앞을 지나가면서 부자는 자기에게도 그런 저택 중 하나가 주어질 것이라고 생각하였다. 큰 도로를 지나 천사는 맨 끝에 이르러 걸음을 멈추었다. 그곳부터는 형편없이 낡고 작은 집들이 늘어서 있었다. 바로 그 판잣집 중 하나로 다가서더니 천사가 말했다.

"이곳이 당신이 살 집입니다."

그곳은 집이라기보다는 초라한 상자 정도에 지나지 않았다. 부자는 놀라서 소리쳤다.

"뭐라구요? 이 집에서 살라구요? 나는 이런 집에서는 살 수가 없습니다. 저쪽의 저택들을 놔두고 나더러 왜 이런 형편없는 집에서 살라고 하는 거지요?"

천사가 말했다.

"죄송하게 되었습니다. 당신이 세상에 살아 있을 때 올려 보낸 자료로는 아무리 해도 이런 집밖에는 지을 수가 없었습니다."

인간만이 가진 특징 가운데 가장 중요한 것 중에 하나가 바로 남에게 무엇인가를 베풀 수 있다는 것입니다. 그럼 남에게 무엇을 베풀 것인가.

자신이 가진 것 가운데 가장 귀한 생명을 주어야 합니다. 이것은 결코 남을 위해 자신의 생명을 포기한다는 뜻은 아닙니다. 자신의 내부에 살아 움직이는 모든 즐거움, 기쁨, 슬픔 등을 송두리째 주라는 것입니다. 대가를 바라고 주는 것이 아니라 준다는 그 자체가 무한한 즐거움이기 때문에 주라는 것입니다.

눈길 위의 첫발자국

산골에 들어가서 살고 있는 친구를 가진 사람이 있었다.

그날은 몹시도 추운 겨울, 밤새 눈이 내려 소복이 쌓여 있던 새벽이었다. 뜰 앞에 눈이 쌓여 있는 것을 본 그 사람은 갑자기 친구가 간절히 그리워져 식구들 모르게 혼자 집을 빠져나와 눈길을 밟으며 그 친구를 찾아갔다.

꽤 먼길을 걸어온 그 사람은 새벽 어스름이 걷히기도 전에 쌓인 그 하얀 눈을 밟으며 마침내 친구 집에 도착하여 조심스럽게 친구를 불렀다. 하지만 친구는 아직 잠에서 깨어나지 않았는지 대답이 없었다. 몇 번이나 불러 보았지만 인기척이 없어 돌아서려고 할 때 등뒤로 누가 서 있는 듯한 느낌이 들었다.

깜짝 놀란 그가 뒤를 돌아보자 거기에는 친구가 웃고 있었다.

"아니, 이 사람아. 그곳에 왜 그러고 서 있는가?"

그러자 친구는 이렇게 대답했다.

"새벽에 일어나니 눈이 많이 쌓였더군. 문득 자네 생각이 나더라구. 그 순간 때마침 자네가 나를 부르는 소리를 들었지. 그래서 당장 달려나오려 했는데 문득 이런 생각이 들더군. '뜰에 쌓인 이 좋은 눈에 어찌 내가 첫 발자국을 낼 수 있겠는가' 하는…… 자네에게 발자국이 나지 않은 하얀 눈 위를 밟으며 내 집안으로 들어오게 해주고 싶었네."

그제야 그는 알 수 있었다. 친구는 앞마당에 쌓인 눈 위에 발자국을 내지 않으려고 일부러 뒷문을 열고 뒤꼍으로 돌아 자신을 맞으러 왔다는 것을.

자신은 그런 친구의 작은 배려로 인해 발자국이 나지 않은 눈길을 걸어 들어올 수 있었다는 것을.

인디언들은 친구를 '나의 슬픔을 등에 지고 가는 사람'. 이라는 말로 표현한다고 합니다.

친구는 나의 기쁨은 배로 하고 슬픔은 반으로 한다고 하듯이 기쁨이나 슬픔만이 아닌 우리 주변에 일어나는 모든 일상적인 일부터 어렵고 괴로운 일까지도 친구와는 함께 할 수 있습니다.

나의 슬픔을 등에 지고 가는 사람이 친구라면 과연 우리는 친구의 일을 얼마나 등에 지고 왔으며 또 얼마나 등에 지려고 했는가 생각해볼 일입니다.

인간과 악마의 대결

어느 유명한 박물관 한 구석에 매우 눈길을 끄는 그림 한 폭이 걸려 있었다. 이 그림에는 인간과 악마가 장기를 두는 모습이 그려져 있는데, 그림의 제목은 '장군'이었다. 이 그림의 주제가 무척 상징적인 것이어서 사람들은 그 그림에 많은 관심을 가졌다. 인간은 지금까지 쌓아 올린 모든 지혜, 통찰력, 경험, 정열을 동원하여 악마와 결투를 벌이고 있는 것이다.

인간이 이길 것인가, 악마가 이길 것인가.

양쪽 모두 온 힘을 다하고 있었다. 이 시합은 매우 중요한 한판 승부이다. 그러나 안타깝게도 악마가 장군을 걸고 있는 장면이어서 악마가 이길 것 같아 보였다. 인간도 온 힘을 기울이고 있으나 인간 쪽이 열세에 몰려 있었다.

이 박물관을 관람하고 있던 한 사람이 그림에 잔뜩 호기심을 갖고 그림 앞에서 떠날 줄을 몰랐다.

"악마가 인간에게 감히 도전을 하다니!"

무의식중에 그의 입에서 이 말이 튀어나왔다. 게다가 악마가 이기려는 조짐이어서 우울한 기분이 되어 그림을 뚫어지도록 바라보았다. 그러던 그가 갑자기 펄쩍 뛰면서 박물관이 떠나갈 듯 소리치는 것이었다.

"아! 그랬었군."

그의 외침에 사람들은 모두 얼굴을 찌푸렸다. 박물관은 큰 소리를 내지 않고 조용히 관람을 해야 하는 장소이기 때문에 큰소리를 낸 그 사람은 여지없이 쫓겨나고 말았다. 그러나 그는 또 먼저 서 있던 곳으로 다시 돌아와 그림 앞에 서 있는 것이 아닌가.

그림을 뚫어지게 들여다보고 있던 그가 또 고함을 질러댔다. 의아하게 생각한 사람들이 그의 주변에 모여들고 있었다.

"틀렸다 틀렸어. 장군이 아니다. 또 한 수가 남아 있지 않은가! 아직 희망은 있어."

둘레에 모였던 사람들도 그제야 장기판으로 눈길을 모았다. 인간은 외통수로 몰려 패배한 것처럼 보였으나 장기의 명수인 그는 이미 장군은 당했으나 아직 꼼짝달싹 못하는 외통수는 아니고 또 한번의 수가 남아 있음을 알게 되었다.

인간에게는 또 한 수가 남아 있으므로 구제될 수 있으며 아직 희망이 있는 것이다. 그제야 둘레에 모여 있던 사람들이 그가 소리를 질렀던 의미를 깨달았다.

우리는 살아가면서 고통의 저 끝 한자락에는 기쁨이 있을 거라는 믿음이 있기 때문에 가슴 한켠에 희망의 보금자리를 틀어쥐고 살아갈 수 있습니다.

악마가 인간을 장기판으로 유혹하여 지금은 비록 궁지에 몰려 있지만 최후의 한 수는 인간 편에 있습니다.

좋아한다는 그 말

한 노신사가 이따금 골동품 가게
에 들러 고가구를 팔곤 하였다. 하루는 그가 왔다 간 뒤
골동품 상인의 아내가 말했다.

"저 분이 다녀가면 참 기분이 좋아요. 이 얘기를 언젠가
는 저분에게 꼭 해 드리고 싶어요."

남편이 말했다.

"다음 번에 그 분이 들르면 직접 그렇게 말해 줍시다."

얼마 뒤 한 젊은 여자가 골동품 가게에 찾아와 자신이
그 노신사의 딸이라고 하였다. 얼마 전에 자기의 아버지가
세상을 떠났다는 것이었다. 골동품 상인의 아내는 그 노신
사가 지난번 마지막으로 가게에 왔다 갔을 때 남편과 자기
가 나눈 이야기를 그녀에게 들려주었다. 여자는 두 눈에
눈물을 글썽이며 말했다.

"아버지가 그 말을 직접 들었더라면 얼마나 기뻐하셨을 까요. 누군가가 자기를 좋아한다는 사실을 알고서 눈을 감 으셨더라면 무척 행복하셨을 거예요."

그날 이후로 골동품 가게의 상인 부부는 어떤 사람에 대 해 좋은 인상을 받으면 그 자리에서 본인에게 그것을 말해 주었다. 다시는 그럴 기회가 없을지도 모른다는 생각 때문 이었다.

사랑과 관심, 그것은 우리가 살아가는 동안 우리들을 행복하게 해줍니다.

가족이나 이웃들에 대한 우리의 따스한 관심 또한 우리들 모두에게 더 큰 사랑을 안고 되돌아온다는 것을 우리는 압니다. 우리가 표현하는 하 나하나의 사랑스런 말과 행위는 우리 자신뿐만 아니라 다른 사람들의 가슴 속에서도 기쁨으로 남을 것입니다. 사랑을 줄 때 주저하지 마십시 오.

꼬리를 무는 생각

몇 해 동안 계속하여 스승의 시중을 들고 있는 사람이 있었다. 그러나 그에게는 감춰진 동기가 있었다. 그는 스승으로부터 기적을 일으킬 수 있는 비법을 배우고자 했던 것이다. 그래서 그는 매일 같이 스승의 시중을 들고 있었지만 차마 그 동기를 입 밖으로 낼 수가 없었다.

어느 날 스승이 그에게 물었다.

"이제는 네 마음속의 말을 털어놓도록 하여라. 네가 진정으로 바라는 것이 무엇이냐?"

그는 이런 기회를 기다리고 있던 참이라 서슴없이 말했다.

"저는 기적을 일으키는 스승님의 비법을 알고 싶습니다."

스승이 대답했다.

"그렇다면 무엇 때문에 진작 말하지 않았느냐. 지금까지의 수고로움을 하지 않아도 되었을 것을. 네가 원하는 기적을 일으키는 비법은 참으로 간단하다. 자, 여기에 그 비밀이 있다."

스승은 종이 위에 주문을 적었다. 단 세 줄밖에 안 되는 간단한 내용이었다. 스승은 그에게 종이를 건네주며 말을 이었다.

"이 주문을 다섯 번만 외우면 된다. 다만 한 가지 조건이 있다. 주문을 외우기 전에 목욕을 하고 문을 걸어 잠근 다음 조용히 앉아라. 하지만 주문을 외우는 동안 절대로 원숭이에 대해 생각해서는 안 된다."

"제가 무엇 때문에 원숭이를 생각하겠습니까? 저는 오늘날까지 단 한 번도 원숭이를 생각해 본적이 없습니다."

그 남자는 그 길로 집으로 달려갔다. 그런데 집으로 달려가면서 점점 당황하기 시작했다. 그의 머리 속에 원숭이들이 하나 둘 나타나기 시작하더니 온통 원숭이 생각으로 가득 차버리고 말았다.

"어찌 된 일이람."

사실 그는 원숭이 외에는 다른 아무것도 생각할 수가 없었다. 집으로 돌아와 목욕을 마치고 문을 걸어 잠그고 주문을 외우는 동안에도 원숭이 생각이 머리 속에서 떠나지를 않았다. 그는 도무지 이해할 수가 없었다. 그는 밤을 꼬박 새우며 원숭이 생각을 쫓아 버리려고 애를 썼지만 실패하고 말았다.

날이 밝자 그는 스승에게 달려갔다.

"이 주문 때문에 미칠 지경입니다. 이제 기적 같은 것은 조금도 원하지 않습니다. 다만 이 원숭이떼만 쫓아 주십시오."

한 거지가 길거리에서 구걸하고 있는데, 왕이 평민복 차림으로 갈아입고 민정시찰을 하다가 그 거지를 만났습니다. 왕이 가만히 보니 노력하면 얼마든지 잘 살 수 있는 사람같이 보였습니다.

왕이 웃으며 말했습니다.

"달라고만 하지 말고 내게 줄 것이 있으면 좀 주시오."

거지가 옆에 있던 쌀자루에서 쌀 한 톨을 꺼내 주자 왕은 그것을 받아들고 그 거지의 자루에 무엇인가를 넣어주었습니다.

저녁이 되어 자루를 열어 본 거지는 거기에 금 한 덩어리가 들어 있는 것을 보고 탄식하듯 중얼거렸습니다.

"더 많이 줄 걸."

모든 그릇은 비워야 채울 수 있습니다.

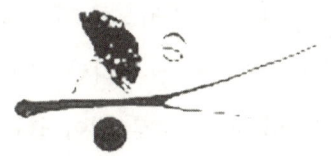

새의 사랑

공원에 늘 찾아오는 두 마리의 새가 있었다. 두 마리의 새는 그들이 사랑하는 만큼 언제나 늘 가까이 붙어 있었기에 그들에게는 둘이라는 말보다 하나라는 말이 더 잘 어울렸다. 어느새 공원의 사람들도 늘 함께 붙어 다니는 두 마리 새를 알아보게 되었다.

그렇게 많은 시간이 지났다. 어김없이 아침을 맞은 어느 날 사람들은 또 하나 둘 공원으로 모여들었다. 그런데 그날은 늘 한 쌍이던 새가 한 마리만 조용히 앉아 있었다. 사람들은 그 새들이 이제 서로 헤어졌다고 수군거리며 홀로 남은 그 새를 애처롭게 바라보았다.

그러나 아무도 몰랐다. 가만히 앉아 있는 그 새의 날개 죽지 밑에 죽어 있는 한 마리의 새가 있었다는 것을. 그리고 그들은 여전히 하나였다는 사실을.

슬픔은 없고 기쁨만 있는 사랑은 인생이 아닙니다. 진정한 사랑은 그래서 늘 슬픔과 함께 합니다. 슬픔을 인정하는 순간 진정한 사랑의 기쁨도 함께 하는 것입니다. 사랑의 기쁨을 느끼지 못한다고 절망하고 있다면 조용히 생각해 보세요. 슬픔까지 끌어안을 용기를 지니고 있는지 말입니다. 슬픔까지 포용할 수 있을 때 신은 우리에게 진정한 사랑의 기쁨을 선사해 준답니다.

누구 없소

어떤 사내가 산을 오르다가 그만 잘못해서 절벽에서 떨어졌다. 그런데 운 좋게 나무 뿌리를 잡기는 했지만 그리 오래 견딜 수 있을 것 같지가 않았다.

다급해진 사내는 절벽 위쪽을 향해서 소리를 질렀다.

"거기 아무도 없나요? 살려주세요."

그러자 어디선가 낯선 음성이 들려 왔다.

"여기 있다. 내가 여기에 있다. 나는 너의 신이다. 네가 나를 믿느냐?"

사내는 서둘러 대답했다.

"예, 신이시여 믿습니다. 그런데 이제는 더 이상 매달려 있을 힘이 없습니다. 어떻게든 해주십시오."

"그래, 좋다. 네가 나를 믿는다면 아무 염려하지 말거라. 내가 너를 구해 줄 것이니 지금 쥐고 있는 그 나무 뿌리를 놓거라."

사내는 어쩔 줄을 몰라하며 당황하다가 이내 다시 외치기 시작했다.

"그 위에 다른 사람 누구 안 계시나요?"

신의 뜻이 오늘도 내일도 당신 안에 있어서 당신을 인도할 것입니다. 따라서 당신은 아무런 걱정이나 불안을 느낄 필요가 없습니다. 만약 모든 인류가 자기 몸 속에 내재하고 있는 신의 인도를 따라 행동한다면 이처럼 혼란스럽게 되지는 않았을 것입니다.

어제의 것이 아니기에

한 청년이 어려서부터 보석 감정 사가 되려는 꿈을 가지고 있었다. 마침내 학교를 졸업한 그는 세상에서 제일 유명한 보석 감정사를 찾아가 기술을 가르쳐 줄 것을 부탁하였다. 하지만 그는 그 자리에서 거절하였다.

"이 기술은 끈기와 인내가 필수적이네. 그러나 젊은이들은 그게 부족해서 안돼. 돌아가게나."

그러나 청년은 한 번만이라도 기회를 달라고 매달렸다. 어려서부터 꿈이었기 때문에 자신은 충분한 소질과 열정을 갖고 있다고 보석 감정사를 설득하였다. 마침내 그 보석 감정사는 청년에게 말했다.

"그렇다면 내일 여기로 오게나."

다음 날 아침 청년이 찾아가자 보석 감정사는 청년에게

작은 의자를 내주며 거기에 앉으라고 말했다. 그리고는 작은 보석 하나를 손에 쥐어 주면서 절대로 아무 말도 하지 말고 가만히 앉아 있으라고 지시했다.

청년이 앉아 있는 동안 보석 감정사는 보석들의 무게를 달고 자르고 하면서 자신의 작업을 계속하였다. 청년은 조용히 앉아서 기다렸다. 그렇게 하루가 지났다.

다음 날 아침에도 보석 감정사는 청년의 손에 어제의 보석을 쥐어 주고는 의자에 앉으라고 하였다. 셋째 날도 넷째 날도 마찬가지였다. 오늘은 뭔가 가르쳐 주겠지 하는 마음으로 아침에 출근을 하면 또다시 어제와 똑같은 지시를 내릴 뿐이었다.

일주일이 지났을 때, 청년은 더 이상 참지 못하고 조심스럽게 물었다.

"선생님, 저는 언제부터 배우게 됩니까?"

"곧 배우게 될 거야."

그리고는 또 자신의 일만을 계속하는 것이었다. 청년은 크게 좌절할 수밖에 없었다. 자신을 제자로 받아들이기 싫으면 싫다고 할 일이지 이런 식으로 시간을 낭비하게 만드는 건 옳지 못한 일이라는 생각이 들기 시작했다.

마침내 열흘째 되는 날 아침, 보석 감정사가 그날도 보석을 쥐어 주며 의자에 앉으라고 지시하자 청년은 화가 나서 그것을 집어던지며 이렇게 외치려고 하였다.

　"도대체 언제까지 나를 골탕 먹일 셈인가요?"

　그런데 보석을 집어던지려는 순간 자신도 모르게 이렇게 말하고 말았다.

　"이건 어제까지의 그 보석이 아니잖아요?"

　그러자 보석 감정사가 말했다.

　"이제야 조금씩 배우기 시작했군."

　인내는 분명히 고귀한 덕이며 모든 고통에 대한 최선의 치료약입니다. 인내는 아무 정원에서나 자라는 꽃나무가 아닙니다. 인내는 쓰지만 그 열매는 달다는 말이 있습니다. 보다 좋은 때를 위하여 자신을 돌보고 참고 견디십시오. 기다리는 자에게 모든 것은 돌아오기 마련입니다. 일이 힘들더라도 참고 인내하십시오.

소년과 할머니의 하느님

하느님을 꼭 만나고 싶어하는 소년이 있었다. 그 소년은 꼭 하느님을 만나야겠다는 생각에 빵과 음료수를 배낭에 넣고 아침 일찍 여행을 떠났다. 오전 내내 걷다가 소년은 공원에 도착하였다. 그 공원의 벤치에는 하늘을 바라보고 있는 할머니가 있었다.

먼 거리를 걸어 지치고 배가 고파진 소년은 벤치에 앉아 빵과 음료수를 꺼냈다. 그리고 옆에 앉아 있는 할머니에게도 나누어 드렸다.

할머니는 얼굴에 고마워하는 미소가 가득했고 서로 나누어 먹고 난 후에 소년에게 재미있는 이야기를 해주어서 서로 시간가는 줄 몰랐다.

어느새 해가 지고 소년이 집으로 돌아가야 한다고 말하고 벤치에서 일어서는 순간 할머니는 그를 꼭 안아 주었다. 소년은 왠지 모르게 기분이 좋아 할머니께 고맙다는 인사를 하고 집으로 돌아왔다.

소년을 기다리고 있던 엄마는 소년이 환한 미소를 띠고 집으로 들어오자 궁금한 듯 물었다.

"오늘 무엇을 하였는데 그리도 기분이 좋지?"

소년은 대단한 자랑인 듯 밝은 미소로 이야기했다.

"엄마, 실은 오늘 하느님을 만났어요. 하느님은 제가 생각했던 것보다 훨씬 더 자상하고 맑은 미소를 가지고 계셨어요."

할머니도 날이 어두워져 집으로 돌아왔다. 오랜만에 너무 행복해 보이는 어머니의 얼굴을 본 아들이 물었다.

"어머니, 오늘 무슨 좋은 일 있으셨어요?"

"사실 오늘 공원에서 하느님을 만났단다. 그분과 빵과 음료수를 먹으며 온종일 이야기를 했지. 그리고 말이야 그분은 내가 생각했던 것보다 훨씬 젊으시더구나."

아기의 눈은 순진무구한 그대로입니다. 그 눈에는 가식이 들어 갈 여유가 없으며 진실 그 자체입니다. 울고 싶으면 울고 웃고 싶으면 웃 습니다. 그냥 자신의 눈에 비쳐지는 대로 행동하는 것입니다. 따라서 그 러한 아기의 눈에 비쳐지는 세상의 모습들은 아름답고 진실하고 인간답 게 살아가는 모습일 필요가 있습니다.

우리도 어느 때이던가 그런 아기일 때가 있었습니다. 물론 지금은 그 런 시절의 눈은 간직하고 있지는 않지만 마음속에 그런 소중한 모습들을 간직하고 살아간다면 살아있는 신을 우리들 마음속에 간직하고 살아가는 것과 같을 것입니다.

신은 절대 심산유곡의 암자 속에 숨어 있거나 높은 하늘에 떠있는 구 름 위에 있지 않습니다. 애정을 지니고 따스하게 미소짓는 당신의 얼굴 위에도 신은 존재하고 있는 것입니다.

쓰러진 거목

미국의 한 시골마을 경사진 곳에 쓰러진 거목의 잔해가 있다. 식물학자는 이 나무가 400년은 족히 된 것이라고 하였다.

콜럼버스가 미국 대륙을 발견했을 때 이 나무는 작은 떡잎이었다. 그리고 영국의 청교도가 이곳에 정착했을 때 이 나무는 사람의 키보다 작은 것이었다. 이 거목은 오랜 세월 동안 열 번도 넘게 벼락을 맞았다. 4세기라는 긴 세월 동안 수도 없는 폭풍과 시련을 맞았다.

그러나 거목은 살아 남았다. 근처의 모든 나무들이 쓰러져도 이 거목만은 살아 견디었다.

하지만 이 거목도 결국은 쓰러지고 말았다. 결코 쓰러질 것 같지 않던 이 나무도 부질없이 허물어지고 말았다. 어떤 역경에 부딪히더라도 살아 남을 만한 강인함을 가지고 있던 이 나무도 육중한 자신의 몸이 힘겨웠던지 땅 위에 눕고 말았다.

과연 무엇이 이 거목을 쓰러뜨렸겠는가? 그것은 벼락도 폭풍도 아닌, 어이없게도 딱정벌레였다. 나무의 외피를 뚫고 침입한 수많은 딱정벌레들이 거목을 쓰러뜨린 것이다.

그토록 막강한 위력을 가지고 있던 거목이 대수롭지 않게 여겼던 딱정벌레들에 의해서 쓰러졌다는 것은 무엇을 의미할까요?

작은 것을 두려워하는 마음, 바로 그것입니다. 방안에 유리가 깨져 흩어지면 사람들은 서둘러 깨끗이 청소하지만 장롱 밑에 하루가 다르게 조금씩 쌓이는 먼지는 외면하게 되는 것처럼 말입니다. 나중에 오랜 세월에 걸쳐 쌓인 먼지는 날카로운 유리조각보다 치우기 어려운 법입니다.

세 · 상 · 예 · 서 · 가 · 장 · 소 · 중 · 한 · 96 · 가 · 지 · 이 · 야 · 기

삶의 지혜와 사랑을 전해 주는 아름다운 이야기

지혜의 향기

결정의 어려움

어느 농부가 자신의 농장에서 함께 일할 일꾼을 고용하였다. 농부는 일꾼에게 제일 먼저 창고를 페인트로 깔끔하게 칠하도록 지시하였다. 그리고 그 일을 끝내기 위해서는 사흘 정도가 걸릴 거라고 말하였다. 그런데 놀랍게도 일꾼은 하루만에 그 모든 일을 마쳤다.

다음 날 농부는 일꾼에게 농장 식구들이 겨울을 날 수 있도록 나무를 베어 땔감을 마련하도록 지시하였다. 그 일을 마치려면 나흘 정도가 걸릴 거라고 말하였다. 하지만 일꾼이 그 일을 하루 반나절만에 끝마치자 농부는 벌어진 입을 다물 수가 없었다. 자신이 평소에 해 오던 일 처리 속도와 너무도 달랐기 때문이다.

일꾼의 능력을 알게 된 농부는 그를 창고로 데리고 갔다. 창고 안에는 밭에서 거둔 감자가 산더미처럼 쌓여 있었다. 수확을 한지 이미 오래되었지만 손이 달려서 미뤄두고 있던 일이었다. 혼자서 처리하기에는 감자의 양이 많았지만 이미 일꾼의 일솜씨를 직접 확인한 농부는 부담 없이 일을 맡길 수 있었다.

농부는 일꾼에게 감자를 세 가지로 분류하도록 지시하였다. 하나는 종자로 쓸 수 있는 감자, 또 하나는 겨울에 돼지 사료로 사용할 감자, 그리고 마지막으로는 시장에 내다 팔 감자로 일일이 구분해서 쌓게 하였다. 농부는 감자를 분류하는 일이 그리 힘든 일이 아니기 때문에 천천히 해도 하루가 걸리지 않을 것이라고 말하였다.

날이 저물 무렵이 되자 농부가 창고에 다시 찾아왔다. 농부는 창고의 일이 거의 마무리되었을 것이라고 기대하고 창고에 들어섰다. 그러나 일꾼은 그때까지도 농부가 지시한 일을 시작조차 하지 못하고 있었다. 농부는 이해할 수가 없었다.

"어찌된 일인가?"

그러자 일꾼은 곤혹스러운 표정을 지으며 대답했다.

"저는 주인님이 시키시는 일이라면 그 어느 것도 가리지 않고 열심히 할 수 있지만, 제 마음대로 결정해야 하는 일은 정말이지 하기가 힘듭니다."

　　하루하루의 생활은 끊임없는 선택의 연속입니다. 만약 우리
가 하고 싶은 일을 모두 다 하려다가는 하루가 48시간이라고 해도 모자
랄 것입니다. 그러나 꼭 해야 할 일들만을 선택해서 하기 때문에 나
름대로의 여유를 가질 수 있는 것입니다.

　　이렇게 많은 일들 중에서 해야 할 일을 선택하는 것도 매우 중요합
니다. 다만 내가 해야 하는 일에 있어서 의미를 부여하고 아무리 사소
한 일을 하더라도 정확히 해야 한다는 마음이 꼭 필요합니다.

　　주인은 결정을 내릴 수 있지만 하인은 주인이 내린 결정을 실행할
뿐입니다. 당신 인생의 주인은 누구입니까?

제일 예쁜 아이

자고새 어미가 도시락을 싸가지고 가다가 까치 어미를 만났다.

"어디 가세요?"

"우리 아이 점심 도시락 가져다 주러 갑니다."

"마침 잘 되었군요. 가시는 김에 내 아이 것도 좀 갖다 주세요. 난 좀 바쁜 일이 있어서요."

까치 어미는 자고새 어미한테 도시락을 받아 가지고 몇 걸음 가다가 뒤돌아보며 물었다.

"학교에 가서 어떻게 당신의 아이를 찾으면 되지요?"

"그 학교에서 제일 예쁜 아이를 찾으세요. 그러면 그 애가 바로 제 아이랍니다."

그런데 그날 오후에 학교에서 돌아오는 까치 어미의 손에는 자고새 어미가 싸준 도시락이 여전히 손에 쥐어져 있었다. 자고새 어미가 놀라서 물었다.

"아니, 어떻게 된 일이에요?"

그러자 까치 어미가 말했다.

"학교에 가서 제일 예쁜 아이를 찾아보니, 아 글세 그게 제 아이더라구요."

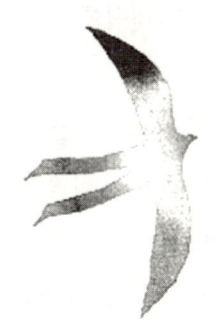

사랑에는 여러 가지 형태가 있는데, 그 중에서도 자식에 대한 어머니의 사랑은 가장 이기심이 없는 사랑입니다. 사랑은 무상의 것일수록 쏟는 사람의 마음에 깊이 스며들어 생명의 힘이 되기도 합니다.

유리 구두

농부가 밭을 갈다가 유리 구두 한
켤레를 발견하였다. 그런데 이 유리 구두는 땅 속에 사는
요정의 신발이었다.

어느 날 요정이 찾아와서 신발을 돌려 달라고 하자 농부
는 고심하다가 이렇게 말하였다.

"유리 구두를 돌려주는 대신에 밭을 갈 때마다 돈이 나
오게 해주십시오."

요정은 농부의 부탁을 흔쾌히 들어주고 유리 구두를 가
지고 돌아갔다. 드디어 농부가 밭을 갈기 시작하자 금화가
한 개씩 나오는 것이었다.

돈이 자꾸만 불어나기 시작하자 농부는 밭 근처에는 아
무도 오지 못하게 하고는 새벽부터 저녁까지 열심히 밭을
갈았다. 밤이면 돈을 세어보는 재미로 가족도 친구도 가까

이 하지 않았다. 돈은 자꾸 불어가는데 몸은 피곤해지고 나날이 쇠약해져 갔다. 그래도 농부는 쉬지 않고 돈을 파 내었다.

그러던 어느 날 농부는 쓰러지고 말았다. 엄청난 돈을 모았지만 무엇 때문에 모았는지 모를 정도로 허무하게 세상을 떠났고 가족들은 그 돈으로 행복하게 살았다.

우리 주위에서도 가족도 친구도 잊은 채 오로지 돈만을 추구하다가 돈만 남기고 세상을 떠나는 사람들을 가끔 볼 수 있습니다. 자신의 가치 있는 삶도 잊은 채 말입니다. 돈이 필요한 이유는 가치 있는 삶을 위해서라는 사실을 잊지 마십시오.

자기 몫의 재능

유명한 바이올린 연주자를 동생으로 둔 어느 벽돌공이 하루는 자신이 일하는 건설 회사 사장과 이야기를 나눌 수 있는 기회를 갖게 되었다. 사장은 벽돌공에게 말했다.

"그렇게 유명한 동생을 두었으니 자네는 참 좋겠군."

사장은 자신이 한 말 때문에 벽돌공이 마음을 상했을까 우려하면서 계속해서 말했다.

"물론 재능이란 것이 골고루 분배되지 않는다는 사실을 인정해야 하겠지. 심지어 같은 가족끼리라도 말일세."

벽돌공은 아무렇지 않은 듯 말했다.

"지당하신 말씀입니다. 왜냐하면 제 동생은 벽돌 쌓는 것에 대해서는 아는 게 하나도 없거든요. 다른 사람들이 자기 집을 지어 주는데, 동생은 그 비용을 지불할 수 있는 형편이니 얼마나 다행스러운지 모릅니다. 만일 그럴 수 없다면 어떻게 이 험한 세상을 살아갈 수 있겠습니까? 저는 그 점에 대해서 정말 감사하게 생각합니다."

우리 안에 감추어진 능력, 각자에게 주어진 재능을 찾아 그 가능성을 개발하고 노력한다면 자기만의 값진 보물이 되어 줄 것입니다.

씨앗 파는 가게

한 여인이 꿈을 꾸었는데, 시장에 가서 새로 문을 연 가게에 들어가게 되었다. 그런데 가게 주인은 다름 아닌 신이었다.

이 가게에서 무엇을 파느냐고 여인이 묻자 신은 대답했다.

"당신이 원하는 것은 무엇이든지 팝니다."

놀라지 않을 수 없었다. 원하는 것이라면 어떠한 것이라도 살 수 있다니! 여인은 한참 생각 끝에 인간이 바랄 수 있는 최고의 것을 사기로 마음먹었다.

"마음의 평화와 사랑과 지혜와 행복, 그리고 두려움으로부터의 자유를 주세요."

그러자 신은 미소를 지으면서 말했다.

"미안하지만 가게를 잘못 찾으신 것 같군요. 이 가게에서는 열매는 팔지 않습니다. 오직 씨앗만을 팔지요."

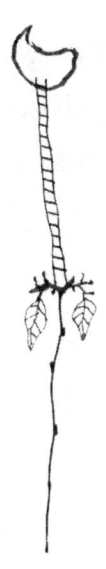 행복과 사랑, 평화와 지혜는 슈퍼마켓에서 팔지 않습니다. 그것을 만드는 공장은 바로 당신이기 때문입니다. 이제 당신이 가게를 차리십시오. 씨앗을 파는 가게를 말입니다.

행복의 비밀

소녀는 유난히 슬프고 외로운 기분으로 산책을 하다가 가시나무에 날개가 걸린 나비 한 마리를 발견하였다. 헤어나려고 버둥대면 댈수록 나비의 연약한 몸은 더욱 깊게 가시에 찔렸다. 어린 소녀는 조심스럽게 나비를 풀어 주었다. 나비는 날아가지 않고 그 자리에서 아름다운 요정으로 변했다. 소녀는 믿을 수가 없었다.

요정이 소녀에게 말했다.

"나를 구해 준 친절에 보답하기 위해서 소원을 하나 들어주겠어요."

소녀는 잠시 생각하다가 대답했다.

"행복해지고 싶어요."

요정은 소녀에게 행복의 비결을 말해주고는 흔적도 없이 사라졌다.

세월이 지나 소녀는 어른으로 자랐고 그녀보다 행복한 사람은 어디에서도 찾아볼 수가 없었다. 사람들은 소녀에게 행복의 비밀이 무엇이냐고 물었다.

"내가 어렸을 때 요정이 내게 가르쳐 준대로 했더니 행복하게 되었어요."

소녀가 더 나이가 들어서 죽게 되었을 때 이웃 사람들은 그녀가 행복의 비밀을 가르쳐 주지 않은 채 죽을까봐 걱정이 되어 몰려왔다.

"제발, 행복의 비밀을 말해 주세요."

소녀는 미소를 지으며 말했다.

"요정이 이렇게 말했어요. 이 세상 사람들이 부유하건 가난하건 늙었건 젊었건 모두 나를 필요로 하도록 행동하라고 말이에요."

이 세상에 당신을 필요로 하는 사람은 몇이나 되나요? 혹시 당신이 필요로 하는 사람보다 그 수가 적지는 않나요?

바다 밑에 이름을

어느 날 한 왕이 나라 안의 모든 현자들을 성으로 불러 모았다.

왕이 말했다.

"과인의 소망을 이루어주는 자에게는 무엇이든 바라는 것을 주겠노라."

"폐하, 그 소망이란 무엇입니까?"

"나의 소망이란 내 이름을 바다 밑에 적어 놓는 것이다. 물 속에 사는 천한 물고기들에게도 내 이름을 널리 알려 숭배하도록 말이다."

왕과 현자들은 푸른 바다가 굽어보이는 뜰로 나갔다. 왕이 다시 말했다.

"내 이름을 바다 밑에 적어라. 그러면 그대들의 소원을 들어주마."

한 사람, 또 한 사람, 현자들은 고개를 가로저으며 자리를 살며시 떠났다. 마침내 왕의 곁에는 한 사람만 남았다.

　　"현자여, 그대는 왜 남아 있느냐? 그대는 바다 밑에 나의 이름을 적어 놓을 수 있겠는가?"

　　현자는 말없이 조개 한 개를 주워 거기에 왕의 이름을 적어서 바다 속으로 던졌다.

　　왕은 현자에게 말했다.

　　"그대는 진정으로 이치를 아는 현자로구나. 현자들이라고 하는 사람들도 대개 자기의 고정관념이나 생각의 범주를 벗어나지 못하고 있지. 하지만 그대는 그러한 생각을 뛰어넘었으니 진정으로 현자라는 소리를 들을 만하다. 그대의 소원을 들어주겠노라."

우리는 때때로 고정관념 때문에 약하다, 무능하다, 게으르다 하는 식으로 일을 그르치는 일이 있습니다. 지레짐작으로 평가하고 지금보다 나은 방향으로 개선하려 하지도 않습니다. 자기 자신의 진정한 모습에 대해서도 잘 모르는 경우도 있습니다. 문제는 고정관념과 타성 속에 주저앉아 변명과 구실을 찾는 것에만 열중하기 때문입니다.

고정관념 때문에 이루고자 하는 일이 안 될 것이라고 생각하지 말고 '이렇게 하면 어떨까' 하는 생각을 갖도록 노력하여 우리의 인생을 멋지게 만들어보면 어떨까요.

내가 만든 오르간

옛날에 왕이 아주 소중하게 여기는 매우 오래된 오르간이 있었다. 그러나 그 오르간은 이미 오래 전에 고장이 났기 때문에 그 아름다운 소리를 들을 수 없어 안타깝게 생각하고 있었다.

왕은 그 오르간을 고치기 위해 많은 기술자를 불러 들였으나 소용이 없던 터라 거의 포기하고 있었다.

그러던 어느 날 허름한 노인이 나타나 왕실의 문지기에게 말했다.

"내가 소문에 듣기로는 왕실에 있는 오르간이 고장났다고 하던데 내가 고칠 수 있을 것 같소. 그러니 나를 왕에게 안내해 주시오."

문지기는 그 노인의 말이 우습기도 했지만 왠지 모르게 노인의 말과 눈빛에 확신의 모습이 엿보이기에 그 노인을 왕에게 안내하였다.

왕이 말했다.

"나는 그 오르간을 무척 아끼오. 하지만 그 동안 많은 기술자가 고치려고 시도해 보았으나 모두 실패하고 말았소. 그런데 어찌 당신 같은 노인이 고칠 수 있다고 확신을 한단 말이오?"

노인이 말했다.

"제가 그 오르간에 손을 댄다고 해서 고장난 것이 더 고장이야 나겠는지요. 그러니 제게 기회를 한 번 주신다고 해서 폐하께 무슨 손해가 있겠는지요?"

왕은 노인의 말을 듣고는 그럴 듯도 하여 승낙하였다.

"좋아, 그럼 한 번 고쳐보도록 하시오."

노인은 여러 날을 오르간 곁에만 매달려 있었다.

그러던 어느 날 밤, 오르간의 연주 소리가 왕실 안에 울려 퍼졌다. 왕도 그 소리에 잠에서 깨어 오르간의 아름다운 소리를 듣고는 노인에게 말했다.

"그대가 해냈구려. 어려운 일이었을 텐데 그대가 기적을 행했구려."

노인이 말했다.

"아닙니다. 어렵지 않았습니다. 사실은 제가 이 오르간을 만들었기 때문입니다. 폐하의 아버님 때에 제가 이 오르간을 만들어 아버님께 드린 것입니다. 그러니 고장난 것을 고치기는 그리 어려운 일이 아니지요."

자신이 행한 일에 대한 책임은 분명 자신에게 있습니다. 자신이 만든 오르간이 고장났다는 사실을 알고 오랜 세월이 흐른 뒤에도 찾아와 오르간을 고칠 수 있었던 비결은 강한 책임감과 함께 자신의 손으로 만들어낸 작은 물건 하나에도 최선을 다하였기에 가능한 일입니다. 하물며 물건에도 그렇게 정성과 책임을 다하는데 그보다 중요한 인생은 어떠하겠는지요.

잡 초

농부가 무더운 여름날 땀을 뻘뻘
흘리며 밭에서 잡초를 뽑아 내고 있었다. 그의 입에서는
저절로 한숨이 새어나왔고 짜증까지 내기 시작했다.

"신은 왜 이런 쓸모 없는 잡초를 만든 것일까? 이 잡초
들만 없다면 내가 이처럼 더운 날 땀을 흘리지 않아도 되
고 밭도 깨끗할 텐데."

때마침 근처를 지나가던 노인이 그 말을 듣고는 농부에
게 말했다.

"여보게, 그 잡초도 나름대로의 의미를 가지고 이 세상
에 존재하는 것이라네. 비가 많이 내릴 때는 흙이 흘러가
지 않게 막아 주고 너무 건조한 날에는 먼지나 바람에 의
한 피해를 막아 준다네. 만일 그 잡초들이 없다면 자네가
땅을 고르려 해도 흙먼지만 일어나고 비에 흙이 씻겨 내려

아무 쓸모 없게 되지. 그러니 자네가 귀찮게 여기는 그 잡초가 자네의 밭을 지켜 준 공신이라네."

 플라타너스 나무 밑에서 두 남자가 이야기를 주고받았습니다.

"세상에 이 나무처럼 쓸모 없는 나무도 없을 거야."

"그래, 맞아. 목재로도 쓸 수 없고 열매도 먹을 수가 없으니 말이야."

그 때 나무가 불쑥 말했습니다.

"지금 당신들이 쉬고 있는 이 시원한 그늘이 바로 내가 만들어 준 것이랍니다."

지혜로움

백정이 푸줏간을 열었다. 이 푸줏
간은 그런 대로 장사가 잘되어 별로 걱정이 없었다. 분수
에 넘치는 욕심을 갖지 않는 그는 자신의 생활이나 일에
큰 만족을 느끼며 언제나 소박한 생활을 하였다. 그런 그
의 성실함이 왕의 귀에까지 들어갔다.

어느 날 왕은 관리 한 명을 이 백정의 집으로 보내어 공
주와의 혼사를 제의하였다.

"폐하가 너를 어여삐 보시어 공주를 너에게 시집보낼 뜻
을 보이셨다. 만약 네가 응낙하면 많은 혼수품과 하사금뿐
만 아니라 관리도 될 수 있다. 이는 정말 천재일우의 기회
이니 거절하지 않는 것이 좋을 것이다."

그 말을 들은 백정은 송구스러워 하며 대답하였다.

"폐하의 호의는 감사하지만 받아들일 수 없습니다. 왜냐

하면 저는 지금 고칠 수 없는 병을 앓고 있기 때문입니다. 저를 대신해서 폐하께 감사의 뜻을 전해 주십시오."

관리는 아무 말도 하지 못하고 그대로 돌아갔고 이 얘기를 전해들은 이웃이나 친구들은 좋은 기회를 놓쳤다면서 안타까워했다. 그러나 그는 그들의 말을 태연하게 받아들이며 이렇게 말하였다.

"당신들은 좋은 기회라고 생각하는지 모르지만 나는 그렇게 생각하지 않습니다. 세상에 쉬운 일이란 없습니다. 이 나라에는 준수하고 유능한 청년들이 아주 많습니다. 국왕이 딸을 다른 사람에게 시집 보내지 않고 굳이 나 같은 백정을 선택한 것은 공주가 아주 못생겼거나 아니면 또다른 결함이 있기 때문일 것입니다. 내 비록 백정이지만 돈이나 권세 때문에 내가 좋아하지도 않는 여자를 택하고 싶지는 않습니다."

모두들 그의 말도 일리는 있다고 생각하였지만 그렇다고 그가 어떻게 그런 생각을 하게 되었는지 물었다.

"나는 일개 백정에 불과하여 다른 것은 모르지만 고기파는 것은 제 전문이지요. 신선한 고기는 값이 비싸도 모두들 다투어 사가지만 냄새 나는 상한 고기는 가격이 아무리

싸고 뼈까지 곁들여 주어도 사려고 하지 않습니다."

칼을 잘 다루는 백정은 평생 단 하나의 칼만 사용한다고 합니다. 칼날을 새로 다듬지도 않고 말입니다. 그 이유는 칼로 고기를 잘라내는 것이 아니라 뼈와 고기 사이에 있는 미세한 틈으로 칼을 집어넣어 뼈와 고기 덩이를 분리하기 때문이랍니다. 그러니 칼날이 무뎌질 일이 없는 것이지요.

아무리 하찮은 일이라도 성심으로 대하고 최선을 다해 해결해 나간다면 그 속에서 우주의 이치를 깨닫게 되는 것입니다. 세상의 지혜는 철학자의 머리에 들어있는 것이 아니라 생활 속에 숨쉬고 있기 때문입니다.

달팽이의 사랑

아무도 살지 않는 숲속 구석에는
달팽이 한 마리와 예쁜 방울꽃이 살았다. 달팽이는 세상에
방울꽃이 존재한다는 것만으로도 기뻤지만 방울꽃은 그것
을 몰랐다. 나무 잎사귀 뒤에 숨어서 방울꽃을 보다가 눈
길이 마주치면 얼른 숨어 버리는 것이 달팽이의 관심이라
는 것을 방울꽃은 몰랐다.

달팽이는 아침마다 큰 바위 두 개를 넘어서 방울꽃 옆으
로 와서는 이렇게 속삭였다.

"저, 이슬 한 방울만 마셔도 되나요?"

달팽이의 말이 사랑이라는 것을 방울꽃은 몰랐다.

비바람이 부는 날에는 방울꽃 곁의 바위 밑에서 잠 못
들고, 뜨겁게 내리 쬐는 햇볕 속에서 잠시 몸이 마르도록
방울꽃 옆에서 있던 것이 달팽이의 사랑이라는 것을 방울

꽃은 몰랐다.

민들레 꽃씨라도 들을까봐 아무 말 못하는 것이 달팽이의 사랑이라는 것을 방울꽃은 몰랐다.

그렇게 세월이 흘렀다. 숲에는 노란 날개를 가진 나비가 날아왔다. 방울꽃은 노란 나비를 좋아했고 나비는 방울꽃이 하얀 꽃이기에 좋아했다. 달팽이에게 이슬을 주던 방울꽃이 나비에게 꿀을 주었을 때에도 달팽이는 방울꽃이 즐거워하는 것만으로 행복해 했다.

"다른 이를 진정으로 좋아하는 것은 그를 자유롭게 해주는 거야."

달팽이가 민들레 꽃씨에게 이렇게 말하면서 까닭 모를 서글픔에 눈물짓는 것이 달팽이의 사랑이라는 것을 방울꽃은 몰랐다.

방울꽃 꽃잎 하나가 짙은 아침 안개 속에 떨어지던 어느 날 나비는 바람이 차가워진다며 노란 날개를 팔랑거리며 떠나갔다.

나비를 보내고 슬퍼하는 방울꽃을 보며 달팽이가 흘리는 작은 눈물 방울이 사랑이라는 것을, 나비가 떠난 밤에 방울꽃 주위를 자지 않고 맴돌던 것이 달팽이의 사랑이라는 것을 방울꽃은 몰랐다.

꽃잎이 바람에 다 떨어져 버리고 방울꽃도 하나의 씨앗이 되어 땅위에 떨어져 버렸을 때 흙을 곱게 덮어 주며 달팽이는 머뭇거리듯 말했다.

"이제 또 당신을 기다려도 되나요?"

그때서야 씨앗이 된 방울꽃은 달팽이가 마음속으로 자기를 사랑하고 있는 것을 느낄 수 있었다.

사랑은 우리가 살아가는 이유입니다. 우리는 그래서 그 사랑을 원하고 또 지키고 싶어합니다. 그 사랑을 지킬 수 있는 것은 마음의 여유입니다. 사랑을 할 때 지금의 현실을 그대로 인식하여 받아들이며 때로는 어느 정도 거리를 두고 사랑하는 마음이 필요합니다.

사랑은 크고 깊게 그리고 자유롭게 해야 합니다. 쉽게 이해가 가지 않지만 사랑하는 사람이 떠날 때 편안하게 떠날 수 있도록 그렇게 사랑해야 합니다.

지금 누군가와 사랑을 하고 있다면 그 사랑을 지키기 위해서라도 마음의 여유를 가지고 자유로운 사랑을 하십시오.

쉴 때는 장작을 패요

어느 초등학교 선생님이 칠판에 두 점의 그림을 걸어 놓았다. 하나는 장작을 패고 있는 남자의 그림이었고 또 다른 하나는 남자가 소파에 편안하게 앉아서 책을 읽는 모습이 그려져 있었다.

선생님은 학생들에게 질문을 던졌다.

"여러분, 어떤 것이 일하고 있는 그림이고, 어떤 것이 쉬고 있는 그림인가요?"

한 소녀가 일어나 대답하였다.

"독서하는 남자는 일하고 있고, 장작을 패는 남자는 쉬고 있어요."

선생님은 학생의 말에 놀라서 그 이유를 설명해 보라고 하였다.

"우리 아빠는 선생님이세요. 일하실 때는 책을 읽으시고 쉬실 때는 장작을 패세요."

어머니와 아이가 쇼핑을 하고 있는데 때마침 한 청년이 휠체어를 타고 다가오고 있었다. 그는 두 다리가 없고 얼굴도 심한 화상을 입고 있었다.

아이가 청년을 가리키며 큰소리로 말했다.

"엄마, 저 사람 좀 봐."

어머니는 아이에게 장애자를 그렇게 손가락질하면서 흉보는 것은 예의가 아니라고 말해주었다. 하지만 아이는 그 청년에게 다가가서 이렇게 말하였다.

"와, 정말 멋진 모자네요."

그렇습니다. 어머니와 아이가 보는 관점도 다르고 생각에도 많은 차이가 있었던 것입니다. 순수한 아이의 마음을 간직하고 싶습니다.

진정한 스승

덕망이 높고 위대한 현자가 임종 직전에 있을 때 누군가가 이렇게 물었다.

"당신의 스승은 누구였습니까?"

그가 대답했다.

"나에게는 수천 수만의 스승들이 계셨습니다. 그들의 이름만 나열하는 데에도 몇 달, 몇 년이 걸릴 것입니다. 그렇게 되면 나는 죽을 시간을 놓치고 말 것입니다. 하지만 이 한 명의 스승만큼은 꼭 말해 주고 싶습니다.

그 스승은 도둑이었습니다.

어느 날 여행 중에 길을 잃은 나는 어떤 마을에 도착하게 되었습니다. 시간이 너무 늦었기 때문에 거리에는 사람 하나 찾아볼 수가 없었습니다. 그러다 어떤 집의 담에 구멍을 뚫으려고 하는 사람을 발견하게 되었습니다. 내가 그에게 하룻밤 머물 곳을 묻자 그가 이렇게 말했습니다.

"이렇게 밤늦은 시간에 어디서 머물 곳을 찾겠소? 당신이 나 같은 도둑과 함께 있는 것만 괜찮다면 내 집에서 하룻밤 묵어도 좋소."

나는 하룻밤이 아니라 한 달 동안을 그 도둑과 함께 지냈습니다. 매일 밤 그는 내게 이렇게 말하곤 하였습니다.

"자, 나는 물건을 훔치러 갑니다. 당신은 여기서 푹 쉬면서 나를 위해 기도해 주시오."

그가 돌아오면 나는 이렇게 물었습니다.

"무엇이라도 훔쳤소?"

그는 말했습니다.

"오늘 밤은 실패했소. 하지만 신의 뜻이 그렇다면 내일 밤 나는 또다시 시도할 것이오."

그는 단 한 번도 절망한 적이 없었으며 언제나 행복에 넘쳤습니다. 여러 해를 명상과 사색을 계속했음에도 불구하고 결국에 가서는 아무것도 얻은 것이 없을 때면 나는 늘 깊은 절망에 빠져 이 모든 어리석은 짓을 포기하려고 마음먹곤 했습니다. 그럴 때면 매일 밤 이렇게 말하던 그 도둑이 생각났습니다.

'신의 뜻이 정 그렇다면 내일은 아마도 뭔가 소득이 있을 것이오!'

그 도둑 덕분에 나는 포기하지 않고 수행을 계속할 수 있었습니다."

도를 터득하기 위해 깊은 산 속으로 들어가 면벽 좌선을 하는 것도 좋은 방법입니다. 그러나 저자거리에 앉아 10원에 목숨을 걸며 처절하게 하루를 살아가는 사람도 산 속에서 좌선하는 이 못지 않은 철학을 깨우칠 수 있는 것이 세상의 이치입니다. 방법이 아니라 마음이 문제이기 때문입니다.

거짓 없는 삶

현명하다고 자처해 온 왕이 하루는 '온 나라를 도덕적으로 만들 수 없을까' 하고 생각한 끝에 한 가지 조치를 취하였다.

"오늘부터 어느 누구도 거짓말을 해서는 안 된다. 앞으로 만일 거짓말을 하는 자는 무서운 형벌에 처할 것이다."

신하들은 모두가 당연한 조치라고 하였으며, 거짓말을 한 사람은 거리에 끌어내어 교수형에 처함으로써 백성들에게 본을 보여야 한다고 하였다.

이때 한 신하가 말했다.

"좋습니다. 내일 아침에 당신들 모두는 성문 앞에서 나를 보게 될 것입니다."

그러자 이상하게 생각한 신하 하나가 물었다.

"그게 무슨 뜻이오?"

"내일 저는 교수대에서 처형될 것이므로 성문 앞에서 모두를 보게 될 것입니다. 만약 제가 교수형에 처해지지 않는다면 저는 지금 거짓말을 하는 것이 됩니다. 그러니 교수대를 준비해 주십시오."

"당신 미쳤소?"

"저는 언제나 미쳐 있습니다."

이것은 왕권에 대한 도전이었다. 그래서 즉시 왕은 교수대를 준비하도록 명령하였다.

이튿날 아침 성문이 열리자 그 신하는 자신의 당나귀를 타고 들어왔다. 그는 자신이 전날 말한 대로 교수형에 처해지기 위해서 성안으로 들어온 것이었다. 상황이 이렇게 되자 왕은 당황하였다. 만일 그를 죽인다면 그는 진실을 말한 셈이 되고 또 그를 죽이지 않으면 그가 거짓말을 한 셈이 되기 때문이다. 모든 구경꾼들은 왕이 이 상황을 어떻게 처리할지 궁금해했다.

그 때 신하가 크게 웃으며 말했다.

"이 세상 누가 감히 거짓을 금할 수 있으며 또 누가 비도덕적인 것을 막을 수 있겠는지요. 이 모든 것이 없는 삶은 상상할 수 없는 일입니다."

아무도 내일을 장담할 수는 없습니다. 내일은 바로 우리 자신이 만들어가는 창조물이기 때문입니다. 텅 비어 있는 내일이 있기에 우리에게는 희망도 있는 것입니다. 불확실한 것을 두려워하지 마십시오. 그 비어있는 공간을 당신의 희망과 꿈으로 채워 넣으세요. 허황돼 보이는 꿈이나 고정관념을 벗어난 상식에 어긋나 보이는 행위가 새로움을 창조하기도 하는 이유는 바로 그 속에 숨어있는 강한 에너지 때문입니다.

내 차례가 아니라

유치원 선생님이 아이들에게 물었다.

"오늘 아침밥을 먹고 온 친구들은 손을 들어보세요."

아이들의 반 정도가 손을 들었다. 선생님은 손을 들지 않은 아이들 하나 하나에게 이유를 물었다. 아이들은 각자 나름대로의 이유를 들면서 먹지 않았다고 하였다.

마지막으로 아주 작은 남자아이가 한 명 남았다.

선생님은 그 아이에게 다가가 물었다.

"너는 왜 오늘 아침을 먹지 않았지?"

아이가 대답했다.

"왜냐하면 제 차례가 아니었기 때문이에요."

"네 차례가 아니라니? 그게 무슨 뜻이지?"

"우리 집에는 형제가 다섯 명이에요. 하지만 우리는 부

자가 아니라서 매일 식구들이 모두 아침밥을 먹을 수 있을
만큼 음식을 장만할 수가 없대요. 그래서 우리는 순서를
정해 놓고 돌아가면서 아침을 먹는데, 오늘은 제 차례가
아니었어요."

　　　사랑의 집에는 부모가 없는 어린 아이들부터 병든 노인에 이
르기까지 어려움을 받고 있는 사람이 머무는 곳입니다.
　　어느 날 사랑의 집에 설탕이 떨어졌다는 소문이 들리자 한 소년이
그의 어머니에게 말했습니다.
　　"어머니, 오늘부터 사흘 동안 저는 설탕을 먹지 않겠습니다. 그 대신
제가 먹지 않은 그 사흘 분의 설탕을 제게 싸주세요."
　　사흘 후에 이 소년은 자신이 아낀 사흘 분의 설탕을 들고 사랑의 집
을 찾아갔습니다.
　　사랑이란 한 소년의 사흘 분의 설탕과도 같은 것입니다.

커다란 돌

왕이 백성들의 마음을 알아보고 싶어 밤중에 몰래 길바닥에 커다란 돌 한 개를 가져다 놓았다. 아침이 되자 사람들이 그 길을 지나갔다.

장사를 하는 사람은 돌이 가로놓여 있는 것을 보고는 "아침부터 재수없게 돌이 길을 가로막다니!" 하고 화를 내며 옆으로 피해서 지나갔다.

관청에서 일하는 사람은 "누가 이 큰 돌을 길 한복판에 들어다 놓았지?" 하고 투덜대며 비난과 불평을 늘어놓을 뿐 그 큰 돌을 다른 곳으로 치우려고 하지 않았다.

얼마 뒤에 한 농부가 채소를 가득 실은 수레를 끌고 지나가게 되었다. 돌 앞에서 걸음을 멈춘 농부는 "이렇게 큰 돌이 길 한복판에 놓여 있으면 지나다니는 사람들이 얼마나 불편을 겪겠어." 하며 큰 돌을 길가로 옮기기 시작하였다. 수없이 들어올리고 밀어낸 끝에 마침내 농부는 돌을 치우는 데 성공하였다. 그런데 돌이 놓여 있던 자리에 반짝이는 보석이 든 주머니와 편지가 들어 있었다.

"이 보석은 돌을 치운 분의 것입니다."

 남의 불편을 헤아리고 덜어주려고 하면 반드시 기쁨이 찾아옵니다.

인생의 연줄

한 소년이 빨리 어른이 되고 싶어서 현자를 찾아갔다.

"선생님, 저는 빨리 어른이 되고 싶습니다. 무슨 방법이 없을까요?"

그러자 현자는 빙그레 웃으며 소년에게 연과 연줄이 잔뜩 감긴 얼레를 주었다.

"이 얼레에 감긴 연줄을 푸는 대로 너는 자꾸자꾸 나이를 먹어 어른이 된단다. 그러니까 네가 어른이 되고 싶은 만큼 연줄을 풀거라. 그런데 한 가지 이 얼레에 감긴 연줄은 한 번 풀면 다시 되감을 수 없다는 것을 명심하거라."

신이 난 소년은 부지런히 연을 날리기 시작했다. 연은 더욱 높이 올라가고 얼레에 감긴 연줄이 자꾸 풀려 나갈수록 소년은 어른이 되었고 점점 머리가 하얀 할아버지가 되어갔다. 아차 싶은 소년은 그제야 돌아가는 얼레를 멈추려 했지만 풀린 연줄을 되감을 수는 없었다. 아무 것도 한일 없이 소년은 그냥 얼레만 돌리면서 세월을 보내며 무의미하게 늙어갔던 것이다.

어른이 되는 것이 중요한 것이 아니라 어른답게 되는 것이 중요합니다. 고통이 다가왔을 때 '빨리 이 시간이 지났으면' 하고 생각하게 되지만 시간이 지나가는 것이 중요한 것이 아니라 고통을 이겨내는 것이 중요한 것입니다. 지금 당신의 얼레에 감긴 연줄은 얼마나 남아있습니까?

마음껏 죄를

악마 대장이 작은 악마들을 불러서 시험을 치렀다. 그 시험을 통과하면 작은 악마들은 어엿한 신분으로 세상에 나가서 사람들을 혼란스럽게 만드는 자랑스러운 일을 하게 되는 것이었다.

악마 대장이 작은 악마들에게 어떤 방법으로 사람들이 죄를 짓게 만들 것인지 물었다.

첫 번째 작은 악마가 말했다.

"저는 사람들에게 신은 존재하지 않으니 마음껏 죄를 지으며 인생을 즐기라고 하겠습니다."

두 번째 작은 악마가 말했다.

"저는 사람들에게 지옥은 없으니 마음껏 죄를 지으며 인생을 즐기라고 말하겠습니다."

끝으로 세 번째 작은 악마가 말했다.

"저는 사람들에게 서두를 것 없으니 마음껏 죄를 지으며 인생을 즐기라고 말하겠습니다."

작은 악마와 대장은 서로를 바라보며 흐뭇한 웃음을 지었다.

천국의 한 남자가 지옥의 친구에게로 놀러갔습니다. 그런데 지옥의 친구는 진수성찬에 술까지 즐기며 지내고 있었습니다. 그래서 사내는 자신을 지옥으로 보내달라고 사정하여 간신히 지옥으로 내려갔습니다. 하지만 자신이 겪는 지옥생활은 고통의 연속이어서 항의를 하였더니 그 때는 지옥의 관광코스였다는 우스개 이야기가 있습니다.

보기에 즐겁고 시간가는 줄 모르는 놀이가 인생의 전부가 될 수는 없습니다. 그것은 어쩌면 우리 자신을 현혹하기 위한 것일 수 있습니다.

물통이 주는 사랑

오랫동안 비가 내리지 않았다. 봄에 공들여 심어 새순이 돋기 시작한 작물들이 뜨거운 햇볕을 받아 말라 가고 있었다. 그것을 지켜볼 수밖에 없던 마을 사람들은 걱정이 이만저만이 아니었다. 마을 사람들은 한 자리에 모여서 신에게 비를 내려 줄 것을 기도하였다.

얼마 동안을 열심히 기도하자 하늘이 열리면서 천사들이 내려왔다. 그런데 천사들은 저마다 물통을 여러 개씩 들고 있었다. 가뭄을 해갈시킬 수 있는 비를 내려 달라고 기도하던 마을 사람들은 도무지 이해할 수가 없었다.

사람들이 천사들에게 물었다.

"무엇인가 착오가 있었던 모양입니다. 저희들은 비를 내려달라고 기도를 드렸지 물통을 바란 것이 아니었습니다."

천사가 대답하였다.

"착오는 없습니다. 신께서도 여러분의 기도를 들으시고 여러분의 믿음을 크게 기뻐하셨습니다."

"그렇다면 이 물통들은 대체 무엇입니까?"

"여러분을 사랑하시기 때문에 비를 내리는 대신에 여러분이 스스로 강에서 물을 길어서 작물에 물을 줄 수 있도록 물통을 내리신 것입니다."

하루 종일 앉아서 기도만 해서는 안 됩니다. 생각은 행동의 대용품이 아니기 때문에 생각만 하고 게으름을 피우거나 사고한 일에 신경을 쓰지 않는다면 아무런 효과도 거두지 못합니다. 구멍이 뚫린 양동이에 물을 넣고 '양동이가 새지 않도록 해주세요.' 라고 기도만 한다면 어떻게 될까요. 기도는 신의 지혜를 얻기 위한 방편에 불과합니다. 기도에서 얻은 신의 지혜로 실천을 해야 비로소 양동이에 물이 고이게 될 것입니다.

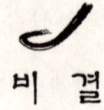

비결

솜씨가 뛰어나기로 소문이 난 목수
가 왕의 부름을 받고서 나무를 깎아 악보대를 만들었다.
그가 만든 악보대는 너무 아름다워서 보는 사람마다 탄성
이 저절로 나왔다.

왕이 그에게 물었다.

"그 비결이 무엇인가?"

"폐하 별다른 비결은 없사옵니다."

목수가 이어서 대답하였다.

"저는 악보대를 만들기 전에 먼저 마음을 안정시켜 정신
이 위축되지 않도록 경계합니다. 그렇게 사흘이 지나면 나
중에 받게 될 어떠한 보상에도 신경이 쓰이지 않게 됩니
다. 닷새가 지나면 나중에 얻을 명예도 잊어버립니다. 이
레가 지나면 육신을 의식하지 못하게 됩니다. 그리고 난

112

다음에 어떤 생각도 들지 않으면 오로지 기술에만 집중하게 되고 밖에서 들어오는 불안한 것들이 모두 사라집니다. 그제야 비로소 숲에 들어가서 적당한 목재를 찾습니다. 알맞은 나무가 눈에 띄면 그 속에 만들어야 할 것이 보입니다. 그러면 일을 시작합니다. 이것 말고는 달리 비결이 없사옵니다."

사람의 모습이 가장 아름다운 때는 언제일까요. 사랑하는 사람을 마주보고 있을 때? 경건하게 기도를 드리고 있을 때? 밤 기차를 기다리고 있을 때? 모두가 아름다운 모습입니다. 그러나 열심히 일에 몰두하여 땀을 흘리는 사람의 모습보다 아름답지는 않습니다. 자기의 삶터에서 일하느라 땀으로 젖은 얼굴! 그런 모습에서 진정 살아 있는 사람의 아름다움을 느낄 수 있습니다.

진실한 삶을 파는 가게

한 가게가 있었는데 그 가게는 구경
꾼은 많았으나 정작 선뜻 나서서 물건을 사가는 사람은 적
었다. 더러는 흥정을 하고 관심을 보이는 사람도 있었으나
평생을 지불해야 한다는 가게 주인의 설명에 입맛만 다시
고 돌아서는 사람이 대부분이었다.

그곳을 지나가던 한 사람이 가게 앞을 막고 서 있는 사
람에게 물었다.

"무엇을 파는 가게입니까?"

"진실한 삶을 판다고 합니다."

그러던 중 구경꾼 가운데 어린 소년이 그것을 사려고 하
자 그 소년의 어머니처럼 보이는 여인이 말했다.

"이 녀석아! 왜 고생을 사서 하려고 하느냐?"

'산다'라는 말에는 몇 가지 뜻이 있습니다. 돈을 주고 무엇인가를 구입한다는 뜻도 있고 인생을 살아간다는 뜻도 있습니다. 그러나 그 둘은 모두 같습니다.

값진 물건은 많은 돈을 주어야 내 것으로 만들 수 있는 것처럼, 인생의 성공도 많은 노력과 땀과 수고를 지불해야만 얻을 수 있기 때문입니다. 고생이 싫다면 멋진 인생의 성공도 그저 쇼윈도 안에 진열되어 있는 물건에 지나지 않습니다.

젊은이로 남는 것

하루는 제자 하나가 매우 시무룩한 표정으로 앉아 있는 것을 보고 스승이 물었다.

"무슨 일이냐?"

스승의 물음에 제자가 힘없이 입을 열었다.

"늙음 때문입니다."

"늙음이라니?"

"아무리 깨우침을 얻은들 무엇하겠습니까? 사람인 이상 나이가 드는 것은 어쩔 수가 없지 않습니까? 제아무리 싱싱한 꽃들도 시간이 지나면 시들고 마는 걸요."

"아무리 그렇다고 한들 늙고 죽음을 두려워할 필요는 없는 것이다."

"그런데 스승님, 만일 영원히 젊은이로 남는 것이 가능하다면 젊은이로 남는 것과 늙은이가 되는 것 중 어느 것이 더 좋겠는지요?"

스승이 말하였다.

"늙은이가 된다는 것은 앞에는 시간이 없고 뒤에는 많은 허물을 남기고 있는 것이고, 젊은이로 남는 것은 그 반대 일진데, 너 같으면 어느 쪽이 더 좋겠느냐?"

  젊음은 종착역이 아니고 간이역이라고 생각해봅니다.

상트 뵈브는 "젊을 때 너무 방종하면 마음의 윤기가 상실되고 너무 절제하면 융통성이 없어진다."고 하였습니다.

젊음을 알맞게 향유하는 지혜가 필요합니다. 허송세월하지 않고 목표를 세우고 의지를 갖고 일하는 젊음은 수확이 큽니다. 첫 20년은 인생의 가장 긴 절반이란 말이 있습니다. 젊음을 활기차게 펼쳐 나가기를 바랍니다.

해가 뜨면 하루가 시작되는 것이고 해가 지면 하루가 끝나는 것이라고 생각한다면 바보와 같습니다. 시간은 그렇게 딱딱 끊어지는 것이 아니라 같은 궤적을 그리며 시작도 끝도 없이 이어지는 것입니다.

세 · 상 · 예 · 서 · 가 · 장 · 소 · 중 · 한 · 96 · 가 · 지 · 이 · 야 · 기

삶의 지혜와 사랑을 전해 주는 아름다운 이야기

삶의 향기

황제와 거지

동구 밖 오두막에 현자가 살고 있
었다. 그에게는 왕이 자주 찾아와 가르침을 받고 있었기
때문에 하루는 마을 사람들이 현자에게 부탁을 하였다.

"다음에 폐하를 만나시거든 우리들의 소원 한 가지만 말
해 주십시오. 지금 우리 마을에는 학교가 없으니 학교를
하나 지어주시고 병원도 지어 주신다면 더욱 감사하구요.
폐하께서는 선생님을 만나러 여기까지 직접 오신다니 선생
님의 말씀이라면 꼭 들어주시리라 믿습니다."

현자가 말했다.

"좋습니다. 부탁하는 데는 별로 자신이 없지만 그대들의
부탁이니 한 번 해 보기는 하겠습니다."

현자는 다음 날 왕을 찾아갔다. 그는 아침 일찍 궁전에
도착하였다. 그때 마침 왕은 자신이 지은 작은 신전에서

아침 기도를 하고 있었다. 그래서 현자는 기도가 끝나기를 기다리며 신전의 한 쪽에 서 있었다.

그런데 왕은 마지막에 이렇게 기도를 하였다.

"전능하신 신이시여, 제 나라를 더욱 부강하게 해주시고 더 많은 재물을 내리소서."

현자는 그 말을 듣는 순간 신전을 빠져 나왔다. 그 때 왕이 기도를 마치고 뒤를 돌아보자 자신의 스승이 돌아서서 가는 것을 보고 황급히 불렀다.

"선생님, 어떻게 오셨습니까? 왜 그냥 돌아가시는 겁니까?"

현자가 뒤를 돌아보며 말했다.

"저는 이곳에 왕을 만나러 왔습니다. 그런데 제가 이곳에서 만난 사람은 또 하나의 걸인이었습니다. 사실은 폐하께 한 가지 부탁을 하러 왔는데 이제는 그럴 필요가 없게 되었습니다."

"어째서 그런 말씀을 하시는지요?"

"인간은 무엇을 손에 넣든 별 차이가 없다는 것을 깨닫고 돌아가는 길입니다."

욕심은 파멸을 안고 있는 씨앗입니다. 욕심은 매일 새롭게 탄생합니다. 아니 매 시간, 매 순간마다 끝없이 만들어집니다. 그러나 그 욕심을 만족시킬 수 있는 것은 그렇게 빨리 만들어지거나 탄생하지 못합니다. 채울 수 없는 욕심만을 끝없이 생각하고 있지는 않습니까? 그러나 어떤 사람은 다른 사람이 원하는 것을 만족시키기 위한 것들을 매일 열심히 생산해내기도 합니다.

당신은 어느 쪽입니까?

노인과 부자 상인

어느 부유한 상인이 기차 여행을 나섰는데 우연히 가난한 노인과 마주앉게 되었다. 부자는 한껏 거드름을 피우면서 노인을 무시하기 시작하였다. 그는 가난한 노인의 옷차림을 자신의 화려한 그것과 일일이 비교해 가면서 멸시하였다.

역에 기차가 도착하자 부자 상인과 노인이 우연히 함께 내리게 되었다. 기차에서 내리던 부자 상인은 역에 수많은 사람들이 모여 있는 모습을 보고서 깜짝 놀랐다. 그들은 멀리서 오는 어느 이름 높은 랍비를 환영하려고 모인 것이었다. 그런데 놀라운 것은 그들이 기다리던 랍비가 바로 자신과 얼굴을 마주하고 함께 여행한 바로 그 초라한 노인이었다.

이름이 높고 지혜가 뛰어난 랍비와 더불어 여행을 하면

서도 변변한 대화 한 번 하지 못했을 뿐만 아니라 그를 드러내 놓고 모욕을 한 것이 죄송했던 부자 상인은 체면을 무릅쓰고 인파를 헤치고 노인에게 다가갔다. 마침내 노인과 얼굴을 다시 마주하게 된 부자 상인은 자신의 잘못을 털어놓으면서 용서를 구하였다.

그러나 늙은 랍비가 그를 바라보면서 나직이 말하였다.

"안됐지만 당신이 굳이 용서를 받고 싶다면 세상에 있는 모든 가난한 노인들을 일일이 찾아다니면서 용서를 구해야 할 것이오."

외부로 드러나는 모습만 보고 남을 무시하지 마십시오. 초라해 보인다고 과소평가하지도 마십시오. 나무도 보이지 않는 뿌리가 땅속에 깊이 내려져 있기에 견딜 수 있는 것이며, 빙산도 보이는 부분보다는 물속에 감추어진 부분이 더 큽니다.

누구나 내면에 깊이 감추어진 능력이 있습니다. 단지 보이지 않는다고 무시해서는 안 됩니다.

또 다른 5분

어느 날 오후 운동장 가까이에 있는 한적한 공원에 한 여인이 중년의 남자와 나란히 앉게 되었다. 여자는 빨간 스웨터를 입고 미끄럼을 타고 있는 작은 소년을 가리키며 말했다.

"저기 보이는 저 아이가 제 아들이에요."

"아주 귀엽게 생긴 사내 아이군요. 저기 푸른색 스웨터를 입고 그네를 타고 있는 아이가 제 아들입니다."

남자는 아주 자랑스럽다는 듯이 아이를 쳐다보며 말한 다음 손목 시계를 들여다보더니 아이를 향해 소리쳤다.

"이제 집으로 돌아가자."

그러자 아이는 아버지를 쳐다보며 애원하듯 말했다.

"아빠, 5분만 더 놀게요. 딱 5분만요."

남자는 고개를 끄덕였고 아이는 만족스러운 표정을 지으

며 계속 그네를 타고 놀았다. 약속한 시간이 지나자 아버
지는 자리에서 일어나 다시 아들을 불렀다.

"이제는 그만 집으로 돌아가자."

"아빠, 5분만. 정말 이번이 마지막이에요."

"그러자꾸나."

그때까지 옆에 앉아서 이들의 대화를 계속 듣고 있던 여
인은 이런 아버지는 처음 보았다는 듯이 말했다.

"세상에, 참 참을성이 많은 아버지군요."

그러자 남자는 쓸쓸한 미소를 지으며 말했다.

"제 큰 아이가 작년에 자전거를 타고 놀다가 사고로 죽
고 말았습니다. 그때까지 전 그 아이와 같이 놀아 준 적이
없었죠. 이제는 단 5분만이라도 그 아이와 놀아 주고 싶어
도 이미 그 아이는 이 세상 아이가 아니랍니다. 그 후 지
금 저 아이에게만큼은 똑같은 실수를 하지 않으리라 맹세
를 하였죠. 지금 저 아이는 5분 동안 그네를 더 탈 수 있
다고 생각하면서 놀고 있겠지만 제가 저 아이의 노는 모습
을 지켜볼 수 있는 시간을 5분 더 벌은 셈이랍니다."

동물 중에 코끼리는 자신의 죽음, 자신의 최후를 남에게 보이지 않는다고 합니다. 늙은 어미 코끼리가 새끼와의 정을 떼기 위해서 난폭하게 굴다가 새끼 몰래 다른 곳에서 죽음을 맞이한다고 합니다.

어미의 죽음을 보고 가슴 아파할 새끼를 생각한 어미의 애절한 사랑 이야기입니다. 하물며 인간이 동물보다 나은 점이 있다면 무엇이겠는지요.

식사기도

꼬마들이 어머니와 함께 식사기도를 하고 있었는데 한 아이가 음식을 살짝 집어먹자 다른 아이가 이렇게 말하였다.

"엄마, 쟤는 기도하는데 딴 짓을 하고…… 아주 나빠요."

어머니는 기도를 끝낸 다음 이렇게 말하였다.

"우리가 다른 사람을 비난하고 그 사람에 대해서 남에게 이러쿵저러쿵 하고 이야기하는 것은 다른 사람이 저지른 잘못보다 더 큰 잘못이란다."

때때로 우리가 다른 사람을 비난하는 것이 혹시 우리가 그 사람처럼 하고 싶다는 속마음은 아닐까 생각하게 됩니다.

빨간 우산

한 작은 마을에 오랫동안 가뭄이 계속돼 위기에 처하게 되었다. 비는 농작물 재배에도 중요했지만 마을 사람들의 생활에도 필수적이었다. 갈수록 문제가 심각해지자 마을의 교회는 비를 내려 달라는 대대적인 기도회를 열기로 하였다.

사람들이 하나 둘 교회 앞마당에 모여들기 시작했다. 마침내 단상에 올라선 목사는 이제 군중을 조용히 시키고 집회를 시작할 때라고 판단하였다. 모두들 조용히 해줄 것을 요청하려는 순간 목사의 눈에 맨 앞줄에 앉은 열 살 가량의 소녀가 눈에 들어왔다. 소녀는 흥분과 기대에 찬 얼굴로 천사처럼 앉아 있었다. 그리고 한 손으로는 빨간 우산 하나를 꼭 움켜쥐고 있었다.

그 순수한 믿음에 목사는 자신도 모르게 미소를 지었다.

다른 사람들은 전부 잃어버렸지만 이 어린 소녀만은 아직도 순수한 믿음을 간직하고 있었던 것이다. 다른 사람들은 단지 비를 내려 달라는 기도를 하기 위해 모였으나 이 소녀는 신이 틀림없이 응답해 주실 것이라고 굳게 믿고 있었던 것이다.

자신을 믿는 사람은 상대방을 믿고, 믿기 때문에 자신을 가지고 행동으로 옮기게 됩니다. 그러나 믿지 못하는 사람은 자신을 믿지 못하기 때문에 남도 믿지 못합니다.

우리는 종종 기적을 체험합니다. 그런 기적도 믿는 사람에게 나타나지 믿지 않는 사람에게는 나타나지 않습니다. 자신을 믿고 그리고 우리의 이웃을 믿으십시오.

농부의 감사

도시에서 학문을 어느 정도 닦았다고 스스로 인정하는 사람이 시골에 사는 농부를 방문하게 되었다. 농부는 새벽부터 종일 부지런히 밭에 나가서 일했고 도시 사람은 그런 그를 바라보며 하루를 보냈다.

농부는 고된 하루를 마친 뒤에 도시 사람과 식탁을 마주하였다. 농부는 준비된 음식을 먹기 전에 먼저 신에게 감사의 기도를 드렸다.

그러자 도시 사람이 농부에게 물었다.

"당신은 하루 종일 바깥에서 직접 수고해서 먹을 것을 마련하였는데 어째서 그렇게 기도를 하는 겁니까? 당신이 이 정도의 생활을 하는 것은 지극히 당연한 일인데 무엇 때문에 신에게 감사해 하는지 나로서는 잘 이해가 가지 않는군요."

농부가 도시 사람을 바라보며 말했다.

"내 농장에는 당신과 똑같은 생각을 하는 놈이 있소이다. 그것은 바로 돼지라오. 주인인 내가 하루도 거르지 않고 먹이를 가져다주어도 돼지라는 짐승은 당연하게 생각할 뿐 전혀 감사하는 마음을 가질 줄을 모릅니다."

밀레의 만종을 보면 해가 질 무렵 들에서 일을 끝내고 저녁 종이 울리는 가운데 부부가 감사의 기도를 드리는 모습을 볼 수 있습니다.

이른 아침부터 하루 종일 거친 밭일을 해왔으나 한 마디 불평도 없이 오히려 감사해 하는 모습을 보면서 신은 정녕 그런 사람들에게 축복을 내리실 것입니다.

진리는 하늘의 달

한 스님이 스승을 찾아와 물었다.

"열반경을 여러 해 보았으나 아직 이해하지 못하는 구절이 있습니다. 가르침을 베풀어 눈을 열어 주시기 바라옵니다."

스승이 말했다.

"나는 글을 모르니 그대가 경을 소리내어 읽어보시오. 그러면 혹시 경의 진리를 알 수 있지도 않겠소?"

스님은 이상하다는 표정으로 물었다.

"글도 모르면서 어떻게 경의 진리를 알 수 있는지요."

스승은 조용히 미소를 지으며 대답했다.

"진리란 문자와 무관한 것이오. 마치 하늘의 달과 같은 것이오. 손가락으로 달을 가리킨다고 손가락이 달 자체는 아니지 않소. 달을 보고자 할 때 반드시 손가락을 거칠 필요는 없지 않소?"

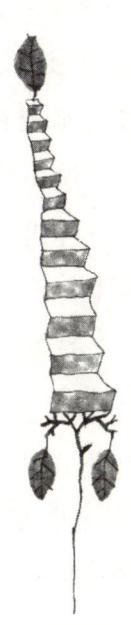 바깥에 뜬 태양은 사실 마음의 태양을 가리는 손가락에 지나지 않습니다. 이제 손가락은 잊고 손가락이 가리키는 실체를 찾아가야 합니다. 눈과 마음을 위로 향하여 마음의 태양, 빛의 근원을 찾아갑시다.

가슴에 계신 주님

광야에서 홀로 지내면서 기도 생활을 하는 사람이 있었다. 그는 밤새도록 말로는 모두 표현하지 못할 만큼의 끔찍한 유혹에 시달렸다. 그는 참다못해 신에게 간절한 목소리로 기도하였다.

그러자 어디선가 목소리가 들려 왔다.

"걱정하지 말아라. 나는 이미 네 안에 들어와 있다. 지금 나는 네 가슴에 머리를 기대고 누워 있지 않더냐."

그는 미심쩍은 듯 다시 물었다.

"만일 당신이 저의 가슴에 계신다면 제 가슴이 여전히 아픈 까닭은 무엇 때문입니까?"

"네가 잊고 있었구나. 내 머리에는 가시관이 씌워져 있지 않더냐?"

서정주 시인의 '국화 옆에서'라는 시에서 그는 시련을 끊임 없는 생명의 움직임으로 극복할 때 비로소 아름답고 성숙한 꽃으로 피어날 수 있음을 이야기하고 있습니다.

한 송이 꽃이 피는 것에서도 우리는 참다운 인생을 배울 수 있습니다. 세상만물 중에 의미를 갖지 않은 것은 없습니다. 꽃 한 송이에도 의미가 있고 시련이 있을진대 하물며 인간에게는 더 큰 뜻과 의미가 있을 것입니다. 지금의 시련이 고통스럽고 힘겹다 할지라도 우리에게 주어진 의미를 생각하면 극복할 수 있을 것입니다.

청년의 선택

청년이 어느 스승 밑으로 들어가 십 년 세월을 보내고 나서 경전을 읽을 수 있게 되었고 주변 사람들에게도 능력을 인정받기에 이르렀다. 청년은 스스로 무척 만족해하며 한 차원 더 높은 경지를 위하여 몸을 아끼지 않고 수행을 거듭하였다.

그러던 어느 날 스승이 그를 불러서 물었다.

"이제 너한테는 선택이 필요하다. 두 개의 길이 있는데, 하나는 구도자가 되어 신과 진리만을 추구하는 길이고, 또 하나는 한 여인과 결혼하여 살면서 신에 대한 추구를 계속하는 방법이다. 자, 어찌하겠느냐?"

청년은 매우 영리하였다. 그래서 끊임없이 욕망과 싸워야 하는 구도자의 길이 얼마나 험난한 길인지를 잘 알고 있었다. 그래서 자신의 솔직한 의견을 내놓았다.

"스승님, 저는 지금까지 수행해 오면서 욕망을 억제한다는 것이 얼마나 힘겨운 싸움인지 깨달았습니다. 그리고 평범한 여인과의 결혼생활이란 부질없는 집착과 욕망으로 얼룩진 쾌락과 고통의 연속이며 그 속에서 자신의 내면을 추구하기란 무척 어렵다는 사실도 잘 알고 있습니다. 하지만 저는 솔직히 후자를 선택하고 싶습니다. 제가 한 여인과 결혼하여 그 여인과 함께 마음속의 신을 발견하려고 애쓰고 또 쾌락과 진정한 사랑을 구분할 수만 있다면 그 생활이 오히려 진리를 향해 가는 지름길이 될 수 있을 것이라고 생각하기 때문입니다."

스승이 흡족한 표정을 지으며 고개를 끄덕였다.

"됐다. 너는 이미 인생의 참모습을 이해하고 있구나."

구도자의 길은 나를 갈고 닦아 더 큰 나로 만드는 길이 아니라 나 자체를 완전히 버리는 길입니다.

나를 버리면 아무 것도 남지 않는 것이 아니라 모든 것이 되기 때문입니다. 그릇이 크면 담을 수 있는 양도 많아집니다. 그러나 아무리 큰 그릇도 세상을 담을 수는 없습니다. 그릇이 아예 없다면 이제 세상은 그 그릇 속에 다 담긴 것과 다름이 없습니다.

도를 깨우치는 일은 세상의 교묘하고 멋진 것들을 골라 모으는 일이 아니라 세상의 모든 것들을 끌어안는 것입니다.

깨달음

욕심이 없기로 칭송이 자자한 왕이 민정시찰에 나섰다. 한 지방 관청의 한직에 있는 늙은 관리가 왕에게 깊숙이 고개를 숙여 인사를 하였다.

"만수무강하시기를 비옵니다."

왕이 대답하였다.

"고맙지만 나는 사양하겠노라."

"그러하오면 더욱 부가 함께 하시기를 비옵니다."

"그것도 사양하겠노라."

"그러하오면 자손이 번창하시기를 비옵니다."

"그것도 사양하겠노라."

"모든 사람이 부를 누리며 장수하기를 바라고 자손을 많이 두기를 원하는데 폐하께서는 어찌하여 이 모두를 마다하시는지요?"

늙은 관리의 반문에 왕이 만면에 웃음을 띠며 대답하였다.

　"오래 살면 그만큼 욕된 일도 많을 것이오, 부유하면 그것을 어찌 관리할까 근심만 늘어날 뿐이다. 또 자식이 많아도 그 중에 못난 자식이 생기면 도리어 걱정만 많아질 것이 아닌가. 그대의 정성이 고맙기는 하지만 그 모든 것이 나의 덕을 기르는 데는 도움이 되지 못하는지라 사양하는 것이다."

　이 말을 들은 백성들은 과연 우리 왕은 성인이라며 감탄하였다. 그러나 왕에게 축복을 기원했던 늙은 관리만은 실망한 표정을 감추지 못한 채 돌아서서 중얼거렸다.

　"난 우리 왕이 성인인 줄 알았는데 조금 남다른 사람일 뿐이군. 본디 사람이 세상에 태어났을 때는 못나면 못난 대로 저마다의 합당한 이유가 있음인데 자식이 많다 한들 그들에게 각자의 일을 맡긴다면 무슨 걱정이 있겠는가. 또한 재산이 많이 불어난다 해도 이웃에 골고루 나누어주는 데 힘쓴다면 이를 잘 관리하고자 하는 근심이 생길 리 없을 터이고, 올바른 마음으로 사람들과 함께 번영을 누린다면 아무리 오래 산들 또 무슨 욕된 일이 있을 것인가."

이 말을 들은 왕이 말했다.

"그대의 말이 정녕 옳구나. 내 일찍이 이 세상의 욕심을 버리리라 마음먹고 노력하였지만 어느덧 나도 모르는 사이에 자만심을 끊지 못하였음을 이제야 깨달았도다."

문제가 있으면 피해 가는 사람이 있는가 하면 시간이 걸리더라도 문제를 해결하고 가는 사람도 있습니다.

문제가 생기면 그 문제의 어려움을 설명하여 동정을 구하는 사람이 있는가 하면 그 문제를 풀기 위한 방법을 얻으려고 사람들에게 질문하는 사람도 있습니다.

겨울이 오면 따뜻한 곳으로 옮겨가는 사람이 있는가 하면 외투를 준비하고 땔감을 창고에 쌓아두는 사람도 있습니다. 당신은 어느 쪽입니까?

장미꽃 다이아몬드

한 젊은 보석 세공사가 다이아몬드 원석을 구하러 다니다가 운이 좋았던지 매우 크고 빛깔이 아름다운 원석을 발견하였다. 그는 기쁜 마음으로 집에 돌아와 그 원석을 깎아 내기 시작했다. 다이아몬드는 세공사가 어떻게 가공하느냐에 따라 값이 좌우되기 때문에 그는 정성을 기울여 작업에 몰두하다가 잠깐 순간에 가장 중요한 부분에 작은 흠집을 내고 말았다.

그 흠집을 깎아 내기 위해 다시 작업을 시작한다면 커다란 다이아몬드는 볼품없이 작아질 건 뻔한 이치였다. 크게 낙담한 그는 같은 일을 하는 친구들을 찾아다니며 어떤 대책이 없을까 물었다.

하지만 친구들은 하나같이 고개를 저었다. 그는 한순간의 작은 실수로 큰 손해를 보게 되고 말았다. 그는 마지막으로 나이 많은 세공사를 찾아갔다.

"아무리 생각해도 어쩔 방법이 없습니다. 이를 어찌하면 좋겠습니까?"

"그렇다면 이 다이아몬드를 내게 며칠 동안만 맡겨 주게. 그러면 반드시 어떤 해결책이 있을 걸세."

이렇게 해서 그 다이아몬드를 맡기고 집으로 돌아간 세공사는 며칠 동안을 뜬눈으로 지새우고 마침내 약속한 날 아침 세공사를 찾아갔다.

나이 많은 세공사는 그를 보자 미소를 지으며 그 다이아몬드를 내보였다. 그 다이아몬드의 흠집은 온데간데없이 사라지고 아름다운 장미꽃 한 송이가 반짝이고 있었다.

"나는 최선을 다했다네."

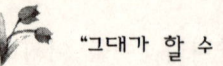 "그대가 할 수 있는 모든 최선의 것을 행하라."

여기서 최선의 것이라 함은 가치 있는 그 모든 것을 의미합니다. 할 수 있는 최선의 것을 진심으로 정성을 다해서 행하기는 결코 쉬운 일이 아닙니다. 때로는 귀찮다는 생각이 들어서 건성으로 행하거나 형식적일 경우가 많습니다.

자신이 할 수 있는 한 최선의 노력을 다한다면 보람과 기쁨도 진정한 자기 자신의 것이 됨을 발견할 수 있을 것입니다.

최선을 다하는 바보를 이기는 게으른 천재는 세상에 없습니다.

원하는 것

지혜와 통찰력을 얻고 싶어하는 한 소년이 있었다. 그는 그 마을에서 가장 현명한 현자를 찾아가 자문을 구하였다.

소년이 물었다.

"어떻게 하면 저도 선생님처럼 될 수가 있겠습니까?"

평소에 말수가 적은 현자는 말로 설명하는 대신 몸소 보여주기로 결심했다.

현자는 소년을 바닷가로 데리고 가서 옷을 입은 채 물 속으로 걸어 들어갔다. 그는 무언가를 증명하고 싶을 땐 이런 식으로 호기심을 자극하는 방법을 좋아했다. 소년은 현자가 하는 대로 조심스럽게 물 속으로 따라 들어가서 물이 턱까지 오는 곳에 멈춰 섰다. 아무 말 없이 현자는 두 손을 소년의 어깨 위에 얹었다. 그리고 소년의 눈을 들여

다보며 있는 힘껏 눌러 소년을 물 속에 빠뜨렸다.

　소년은 몸부림치기 시작했고 소년이 거의 죽을 지경이 되었을 때 소년을 놓아주었다. 소년은 미친 듯이 물에서 빠져나왔다.

　소년은 현자에게 성난 목소리로 물었다.

　"왜 절 죽이려고 하십니까?"

　"얘야, 물 속에서 이젠 죽는구나 했을 때 네가 제일 원한 것이 무엇이냐?"

　"숨쉬기를 제일 원했습니다."

　현자는 환한 미소로 얼굴을 빛내며 소년을 보고 다정한 목소리로 말했다.

　"네가 물 속에서 숨쉬기를 원했던 것만큼 지혜와 통찰력을 원할 때 너는 그것들을 얻게 될 것이다."

말을 물가까지 끌고 갈 수는 있어도 그 말에게 억지로 물을 먹게 할 수 없다는 말이 있습니다.

아무리 훌륭한 것이라도 스스로 간절하게 원하지 않는다면 얻을 수 없습니다. 간절히 원한다면 스스로 어떻게든 그것을 얻을 수 있는 방법을 발견하게 되는 법입니다. 무엇인가 얻을 수 없다고 불평하기 전에 스스로에게 물어보십시오. 얼마나 간절히 원하고 있는지.

우리 선생님은

한 마을에서 함께 자란 두 젊은이가 고명한 스승을 찾아 나섰다. 사람들은 젊은이들에게 각각 다른 스승을 소개하였다. 둘은 어쩔 수 없이 서로 헤어져 때가 되면 다시 만나자는 약속을 뒤로 하고 스승을 찾아갔다.

세월이 흘러서 다시 만난 두 젊은이는 자신들의 스승이 지닌 장점을 비교하였다.

한 젊은이가 자랑스러운 듯이 어깨를 으쓱이며 말했다.

"우리 선생님은 너무 놀라워! 온갖 기적을 행하시거든. 강 한 쪽에 종이를 놓고서 건너편에서 그림을 그리시고, 묵상에 잠기면 몸이 둥실 떠오르기도 하고 손바닥을 오므리면 그 안에서 보석이 생긴다네. 놀랍지 않은가? 자네 스승님은 어떤 기적을 행하시는가?"

150

"우리 선생님은 말이야. 피로하면 주무시고 배고프시면 밥을 먹지."

기교가 아주 뛰어난 목공이 나무로 정교하게 새를 조각하여 하늘로 던지자 나무로 만든 새는 날개를 퍼덕이며 날아갔습니다. 사람들은 박수를 치며 그를 천재라고 치켜세웠습니다.

그 목공의 옆집에는 허름한 보통 목공이 살고 있었는데 그가 만드는 것은 평범한 나무 주걱과 숟가락뿐이었습니다. 나무로 만든 새가 날아가는 것을 보고 놀라워하며 집으로 돌아간 마을 사람들은 기교가 뛰어난 목공을 침이 마르도록 칭찬하며 허름한 목공이 만든 숟가락으로 밥을 먹었습니다.

잃어버린 보석

옛날 한 여왕이 소중히 여기던 보석을 잃어버렸다. 그래서 전국에 이러한 방을 내붙였다.

"한 달 이내에 보석을 찾는 자에게는 많은 보상을 준다. 그러나 한 달이 지난 뒤에 바치는 자는 사형에 처한다."

그런데 한 남자가 얼마 지나지 않아서 그 보석을 찾아내었다. 그러나 불행하게도 한 달이 지나서야 그 보석을 여왕에게 바치게 되었다.

"그대가 방을 보았다면 한 달이 지난 지금에 와서 보석을 바치는 것은 어인 일인고? 사형을 받아도 상관없다는 말인가?"

"그렇지 않습니다. 단지 저는 사형을 받는 것보다 제가 믿는 신이 두려워서 늦게라도 이 보석을 여왕님께 바치는 것입니다."

사람에게는 양심이라는 것이 있습니다. 양심은 우리가 나아가야 할 길을 바르게 제시해 줍니다.

양심은 해시계와 같다고 합니다. 해시계는 햇빛이 있어야 제대로 구실을 할 수가 있습니다. 우리 양심도 마찬가지입니다. 인생을 살아가는 확실한 목표와 가치관이 태양처럼 우리의 양심을 비추어 방향을 제시해 주는 것입니다.

법이 무서워 죄를 짓지 않는 사람은 드물지만 양심에 가책이 되어 선한 길을 고집하는 사람은 많습니다. 법보다 무서운 것이 바로 우리 자신의 마음이기 때문입니다.

잔을 비우시오

지식과 재능이 뛰어나기로 소문난 사람이 있었다. 그러나 어느 곳에서든지 그의 재능과 지식을 제대로 알아주지 않았다. 그럴 때마다 그는 불평을 늘어놓았고, 자신의 재능을 높이 사주고 인정해 주는 직장을 찾아다녔지만 그는 몇 달을 버티지 못하고 그만두곤 하였다.

그런 그에게 어느 날 친구가 찾아오자 그는 친구를 붙들고 자신의 이야기를 늘어놓았다. 한참 동안 그의 불평을 듣고 있던 친구가 조용히 말했다.

"세상이 자네의 재능을 알아주지 않는다고 불평하기 전에 왜 세상이 자네를 필요로 하지 않는지를 알아야 하네. 그것은 자네의 많은 지식 때문이네. 자네는 가득찬 술잔과 같아서 더 이상 새로운 것을 채울 공간이 없단 말일세. 자네는 지식을 뽐내려 들기만 하지 새로운 것을 받아들이려 하지 않기 때문이라네. 자네는 혹시 그런 생각을 해보지 않았는가?"

어느 날 고명한 선승에게 한 사람이 찾아왔습니다. 그 선승에게 좋은 가르침을 받기 위해서였습니다. 그 사람은 선승에게 자기의 고민거리를 털어놓기도 하고 앞날의 포부도 이야기했습니다. 그러나 선승은 아무 대답도 않고 그 사람의 앞에 놓인 찻잔에 차를 따랐습니다. 차가 가득 찼는데도 멈추지 않고 자꾸만 따랐습니다.

놀란 그 사람이 선승의 손을 붙잡으며 말했습니다.

"차가 이렇게 흘러 넘치는 데도 왜 자꾸만 따르십니까?"

그제야 선승이 입을 열었습니다.

"이 찻잔과 마찬가지로 당신은 지금 자신의 생각으로 가득 차 있습니다. 우선 당신의 잔부터 비우십시오. 그렇지 않고는 내가 어떻게 당신에게 가르침을 줄 수 있겠소."

우물이 준 침묵

하루는 어떤 부인이 신부를 찾아와 수심이 가득한 얼굴로 말했다.

"신부님, 저는 더 이상 남편과 살지 못하겠습니다. 그 사람의 신경질은 지나치다 싶을 정도를 넘어섰어요. 어떻게 하면 우리 가정이 다시 화목해질 수 있겠습니까?"

신부는 조용히 생각에 잠겼다가 입을 열었다.

"우리 수도원 앞뜰에 작은 우물이 하나 있습니다. 그 우물물을 떠가지고 가서 남편이 집에 돌아오면 그 물을 얼른 한 모금 입에 머금으십시오. 절대로 삼켜서는 안 됩니다."

부인은 신부의 말대로 수도원의 물을 얻어 가지고 집으로 돌아갔다. 그날 밤 늦게야 귀가한 남편은 또 여느 날처럼 부인에게 불평을 늘어놓기 시작했다. 부인은 신부의 말대로 얼른 물을 한 모금 입에 물었다. 그러자 남편의 잔소리가 점점 잠잠해지고 그날 밤 이들 부부는 더 이상 다투지 않고 무사히 보낼 수 있었다.

그날부터 부인은 남편이 신경질을 부릴 때마다 물을 입 안 가득히 물곤 하였다. 그것을 여러 차례 반복하는 동안 남편의 행동은 눈에 띄게 변하였다. 신경질도 줄어들고 오히려 부인에게 친절하게 대해 주었다.

부인은 남편의 달라진 태도에 무척이나 기뻐하며 신부를 찾아가 감사인사를 드렸다. 그러자 신부는 아주 부드러운 미소를 머금으며 이렇게 말했다.

"기적을 일으킨 것은 수도원 앞뜰의 우물물이 아닙니다. 바로 부인의 침묵이지요. 부인의 침묵이 남편을 부드럽게 한 것뿐입니다."

부부가 서로 위로해 주고 격려해 주는 가정은 논쟁이나 갈등이 줄어들고 자연스럽게 평화가 감돌게 됩니다. 주도권 다툼은 사라지고 부부애가 싹터 친밀한 부부관계가 지속됩니다.

남편은 더욱 남자다워지고 자신감을 얻게 되며, 아내는 자신과 가정에 더 충실해집니다. 서로 힘을 북돋아 줌으로써 부부로서 각자의 역할을 무난히 이행하게 되고 결혼생활은 나날이 즐거워질 것입니다. 아이들도 화목한 가정환경 속에서 부모를 존경하며 자신의 일을 책임감 있고 즐겁게 해나갈 것입니다.

가장 말을 잘 하는 사람이 누구인지 아십니까? 바로 침묵할 때를 알고 입을 다무는 사람입니다. 백 마디의 말보다 조용한 미소가 더욱 설득력 있는 언어라는 사실이 그것을 증명해 줍니다.

사랑의 돌

한 사내가 마음이라는 도시를 찾아
갔다. 그 도시의 마음들은 어쩐 일인지 모두 문을 걸어 잠
근채 열어 주지 않아서 마음 안에 들어갈 수 없었다. 사내
는 지혜로운 사람을 찾아가서 물었다.

"마음들이 모두 하나같이 닫혀 있으니 어찌된 영문인지
모르겠습니다. 아무리 열심히 문을 두드려도 열릴 생각을
하지 않습니다."

지혜로운 사람이 흰 돌 하나를 건네주며 말했다.

"이 돌을 지니고 가도록 하게. 이것만 있으면 어떤 마음
이라도 열 수 있네. 아무리 완고한 마음이더라도 말일세."

사내는 지혜로운 사람이 건네는 돌을 받아들고서 다시
마음의 도시로 떠났다. 그러자 놀랍게도 미처 문을 두드리
기도 전에 수많은 마음들이 문을 활짝 열고서 그를 들어오

라고 초대하였다.

사내는 그것이 너무 놀랍고 좋아서 돌을 준 지혜로운 사람에게 달려갔다.

"이 흰 돌은 무척 신기합니다. 이 돌 덕분에 아주 쉽게 마음의 문이 열렸습니다."

지혜로운 사람이 말했다.

"그것만 있으면 어떤 마음도 자네에게 문을 열어 줄 것일세."

사내가 궁금한 듯 물었다.

"이 돌이 대체 무엇입니까?"

지혜로운 사람이 말했다.

"바로 사랑이라네."

만약 당신이 누군가로부터 매일 벽돌 한 장씩을 받는다면 다리를 만드는 데 쓰겠습니까 아니면 벽을 쌓는 데 쓰겠습니까. 만약 당신이 누군가로부터 망치 하나를 받아서 일한다면 다리를 허무는 데 쓰겠습니까 아니면 벽을 허무는 데 쓰겠습니까.

세상이 각박하다고 하는 것은 우리의 마음이 높은 벽으로 갈라져 있기 때문입니다. 서로가 벽만 높이 쌓은 채 살아가기 때문에 불신과 다툼이 끊이지 않는 것입니다. 이럴 때 가장 필요한 것은 마음을 여는 일입니다. 마음의 창문을 활짝 열고 자기의 진실과 사랑을 자유롭게 오갈 수 있게 해야 할 것입니다.

진주의 티끌

바닷가 어느 마을에 사는 한 청년
이 커다란 진주를 하나 주웠다. 그 진주알은 너무나도 아
름답고 빛이 찬란한 것이었다.

그런데 어느 날 그 진주알에서 조그마한 티끌 하나를 발
견하였다. 처음에는 먼지라고 생각했지만 그 티끌은 닦아
도 닦아도 없어지지 않았다. 알고 보니 티끌이 박혀 있는
것이었다.

그 청년의 눈에는 그 티끌이 점점 크게 보였다. 고민하
던 끝에 청년은 진주를 한 껍질 깎아내기만 하면 된다고
생각하고 한 껍질 벗겨내기로 마음먹었다.

그런데 한 껍질 한 껍질 아무리 벗겨도 그 티끌은 여전
히 남아 있었다. 나중에 보니 티끌이 실오라기처럼 진주알
속까지 들어가 있는 것이 아닌가. 그 티끌이 다 없어져버

린 순간 그 진주도 다 깎여나가 없어지고 말았다.

　그 청년은 그 큰 진주알이 가루가 되어버린 다음 '조그만 티끌이 있더라도 커다란 진주알을 그냥 가지고 있을 것을' 하고 후회하였다.

　외눈박이 아들이 있었습니다. 어느 날 밖에서 친구들의 놀림을 받고 돌아온 아들이 울면서 어머니께 말했습니다.

　"엄마도 내 얼굴이 흉측하죠? 그렇죠?"

　"아니, 그렇지 않단다."

　"내가 거울로 내 얼굴을 봐도 흉측해요. 그런데 엄마에게는 그렇지 않다는 말이에요?"

　"왜냐하면 엄마는 너의 흉측한 모습까지 사랑하기 때문이란다."

　사랑이란 그 결점까지도 끌어안는 것입니다.

뒤에 흘린 잘못

한 스님이 잘못을 저질렀다. 그래서 징계위원회가 열리고 그의 스승이 초청되었지만 스승은 참석을 거부하였다. 그러자 또다시 사람을 보내어 스승에게 말했다.

"꼭 참석해 주십시오. 모두가 선생님을 기다리고 있습니다."

스승은 할 수 없이 그곳으로 가면서 금이 간 항아리에 물을 가득 채워 머리에 이고서 갔다. 스승을 마중 나온 제자들이 물었다.

"선생님, 이것이 무엇입니까?"

스승이 말했다.

"내가 저지른 잘못들은 내 뒤에 떨어지고 있는데 나는 그것들을 보지 못한 채 오늘은 다른 사람의 실수를 심판하러 온 것이네."

이 말을 듣고 제자들은 잘못을 저지른 스님을 더 이상
문책하지 않고 그 자리에서 용서해 주었다.

남을 볼 때는 현미경을 끼고 보면서 자신을 볼 때는 망원경
을 끼고 보는 사람이 많습니다. 그런 사람들은 남의 작은 잘못은 크게 확
대하여 질책하지만 자신의 잘못은 작은 것으로 축소시키고 합리화해 버
리기 마련입니다. 먼저 자신을 돌아보는 지혜를 지니십시오.

제비꽃의 만족

왕이 어느 날 아침에 정원의 나무와 꽃들이 시들어 가는 것을 보게 되었다. 왕은 정문 가까이에 서 있는 떡갈나무에게 다가가 무엇이 잘못되었느냐고 물었다. 그러자 그 떡갈나무는 우울한 얼굴로 소나무처럼 크고 아름답지 못하기 때문에 죽을 결심을 하고 병이 들었다고 말했다.

그런데 그 옆에 있는 소나무는 포도나무처럼 열매를 맺지 못하기 때문에 기죽어 있었고, 또 포도나무는 곧게 설수 없으며 복숭아나무처럼 탐스런 과실을 맺지 못하기 때문에 삶을 포기하고 있었다. 결국 정원에 있는 모든 식물들이 그렇게 힘을 잃어가고 있었다.

그러나 유독 제비꽃만이 언제나처럼 밝은 얼굴로 미소지으며 왕을 맞이했다.

"오! 제비꽃아, 모두 이렇게 절망 가운데 있는데 너는 조금도 낙심하지 않는 것 같구나. 용감한 작은 꽃아, 너를 보게 되어 기쁘구나."

"아니어요, 저는 대단치 않은 작은 꽃에 불과한 걸요. 그러나 저는 이렇게 생각했어요. 만약 폐하께서 떡갈나무나 소나무나 복숭아나무를 원하셨다면 그 나무를 심으셨을 거라고요. 하지만 폐하께서는 제비꽃을 원하셨기에 저를 심으셨으니, 제가 할 수 있는 한 가장 좋은 제비꽃이 되려고 노력했을 뿐이에요."

어느 날 흰 백합이 모란꽃에게 말했습니다.

"당신은 참으로 아름다운 꽃망울을 가지고 있군요. 나도 당신처럼 예쁜 빛깔을 가진 꽃이 되고 싶어요."

그러자 흰 백합은 차츰 붉은 빛깔로 변하기 시작했습니다. 그러나 붉은 색으로 변한 백합은 예전의 흰 백합으로서의 아름다움 마저 잃고 말았습니다. 때문에 전처럼 사람들로부터 사랑을 받지 못하였다고 합니다.

완벽한 아름다움이 없는 것과 마찬가지로 완벽한 초라함도 없습니다. 중요한 것은 자신이 지니고 있는 것들을 열심히 표현하는 것이지요. 그 가운데 초라함이 오히려 자랑스러움으로 변하는 마술이 존재한답니다.

악마의 바겐세일

악마가 다른 장소로 가게를 이전하기 위해 가게에서 쓰던 물건들을 헐값에 내놓았다. '장소이전, 재고정리'라는 간판이 내걸리자 많은 사람들이 몰려와 흥미 있는 눈으로 악마가 쓰던 물건들을 구경하였다.

한 사람이 그 중에서 가장 값이 비싸게 매겨져 있는 물건을 가리키며 물었다.

"재고정리라고 하면서 이것 하나만은 왜 이렇게 비쌉니까?"

악마가 말했다.

"그것은 내가 가장 즐겨 쓰던 물건이니까요. 이것만 있으면 누구의 인생이든지 하찮은 것으로 만들 수 있고 어떤 계획이든지 무력하게 만들 수 있습니다."

손님이 물었다.

"그게 도대체 무엇입니까?"

악마가 말했다.

"이건 포기라는 이름의 물건입니다."

하는 일마다 잘되는 사람이 있고 하는 일마다 안 되는 사람이 있습니다. 모든 일에는 원인이 있기 마련입니다. 자신의 적성에 맞지 않는 일을 했다든지 아니면 인내력이 없어서 포기하였든지 그 원인이 있을 것입니다.

끝까지 제대로 해보지도 않고 포기하지 마십시오. 어려움이 있더라도 용기를 가지고 계속해서 노력하다 보면 되는 날이 있을 것입니다.

세 · 상 · 에 · 서 · 가 · 장 · 소 · 중 · 한 · 96 · 가 · 지 · 이 · 야 · 기

삶의 지혜와 사랑을 전해 주는 아름다운 이야기

희망의 향기

그림 속의 내 모습

길거리에서 거지가 구걸을 하고 있었다. 그는 고개를 숙인 채 초점 없는 눈으로 지나가는 사람들에게 비굴한 표정을 지어 보이며 동전을 얻어 하루하루를 연명하였다. 그에게는 인생의 아무런 희망도 있어 보이지 않았다.

길 건너 건물에는 한 늙은 화가가 살고 있었다. 화가는 오랫동안 창 너머로 거지를 지켜보면서 깊은 생각에 잠겼다. 그러더니 어느 날부터인가 그 거지를 모델로 그림을 그리기 시작했다.

그런데 그림에 묘사된 거지는 실제 거지의 모습이었지만 초점 없는 눈은 활기에 넘치는 야심에 찬 눈빛으로 바뀌었고 맥없는 얼굴에는 강철같이 굳은 의지가 넘쳐있었다.

화가는 그림이 완성되자 자신의 그림을 거지에게 보여주

었다. 거지는 영문을 몰라 그 그림을 보면서 물었다.

"저 그림 속의 사람이 누군데요?"

그러자 화가는 미소를 띠며 말했다.

"몰라보겠는가? 바로 자네일세."

거지는 깜짝 놀라 그림을 보고 또 보았다. 하지만 믿을 수가 없었다. 그 그림 속의 주인공은 빛나는 눈빛에 강인한 의지를 가진 꿈이 있어 보이는 모습을 하고 있었기 때문이었다.

거지는 다시 물었다.

"저게 정말 저란 말인가요?"

"그렇다네. 이 그림은 바로 길 건너에서 구걸하는 자네를 보고 그린 것이네."

그러자 거지는 갑자기 어깨를 펴고 힘찬 목소리로 외쳤다.

"제가 바로 이 그림 속의 인물이란 말이죠? 알겠습니다. 선생님, 앞으로 저는 반드시 저 그림 속의 사람처럼 되고야 말겠습니다."

누구나 다 가슴속에 보물을 숨기고 있습니다. 그러면서도 나에게는 보물이 없다고 생각합니다. 내면 깊은 마음속에 은밀하게 숨어 있어서일까요? 분명한 것은 실패와 좌절과 가난과 질병의 질곡에 빠지는 원인의 대부분이 자기 내면의 보물을 찾아내지 못하는 데 있다는 점입니다.

어떤 경우에는 스스로 찾아내기도 하지만 스스로 찾아낸다는 것은 매우 어려운 일이라고 할 수 있습니다. 바로 이때 주변 사람의 힘이 필요합니다. 가족과 친구, 그리고 동료들. 바로 당신의 힘으로 한 사람의 인생을 바꿀 수 있다고 생각해 보십시오. 친구의 보물을 찾아주세요.

다리만 새 것으로

어린 딸이 아버지의 서재로 들어가 가죽끈이 끊어진 손목시계를 보이며 말했다.

"아빠, 시계 줄이 끊어졌어요. 새 시계 하나 사주세요."

어린 딸의 말을 듣고 아버지는 읽던 책을 덮었다. 그리고 딸을 설득하려는 듯 설명하기 시작했다.

"시계는 그대로 볼 수 있잖니. 그러니까 줄만 새것으로 바꾸자."

"왜요? 싫어요. 새 시계를 사주세요. 전부 바꾸고 싶단 말이에요."

설명 도중에 딸이 아버지의 말을 끊었다. 아버지는 어린 딸 앞에서 다시 설명을 시작했다.

"줄이 끊어졌다고 어떻게 시계까지 새로 살 수 있겠니. 그런 억지가 또 어디에 있어."

어린 딸의 표정이 굳어졌다. 순간 아버지는 딸의 눈에 맺힌 눈물을 보았다. 아버지의 설득을 외면하며 어린 딸이 입을 열었다.

"아빠, 그런데 아빠는 왜 새 엄마와 결혼했어요? 나를 낳은 엄마는 불의의 사고로 한 쪽 다리만 잃었잖아요. 그러면 당연히 다리만 새것으로 바꾸면 되잖아요. 그런데 왜 아빠는 전부를 바꾸셨어요?"

키 큰 플라타너스가 서 있는 시골길을 걷다보면 군데군데 새들이 둥지를 틀어 놓은 것이 보입니다. 그런데 새들이 집을 짓는 나무는 따로 있는 것처럼 보입니다. 왜냐하면 같은 까치 둥지라도 어떤 나무에는 두 세 개씩 얹혀져 있는 것을 볼 수 있기 때문입니다.

새 둥지를 두어 개씩 품어줄 수 있는 넉넉한 나무처럼 가슴에 남을 위한 사랑을 더 많이 품을 수 있는 그런 사랑이 그리워집니다.

늦은 이유

어느 여인이 늘 꿈꾸던 이상적인 남자를 만났으나 그녀는 이미 나이가 많았다. 그녀는 평생 동안 그처럼 완벽한 만남을 늘 그려 왔었다. 두 사람은 오 년간 정말 아름답게 살았다. 하루하루가 축복이었고 사랑과 기쁨으로 충만했다. 그리고 그녀는 세상을 떠났다.

천국의 문 앞에 도착한 여인은 천사에게 따지듯 물었다.

"어째서 그 사람을 제게 조금 더 일찍 보내 주시지 않았나요? 제가 사랑해 보려고 애쓴 그 많은 시간들을 생각하면 정말 아까워요. 너무 늦게 그 사람을 만났어요. 너무 늦게 말이에요. 어째서 그렇게 오래 기다려야 했나요?"

아무 말 없이 듣고 있던 천사가 입을 열었다.

"당신은 20대에 어떻게 인생을 살 것인지 분명히 알고 있었습니다. 그래서 첫 번째 남자를 골랐지만 제대로 되지 않았습니다. 30대와 40대에는 행복한 삶을 살 수 있다고 생각했지요. 그래서 두 번째 남자를 골랐지만 그 또한 제대로 되지 않았습니다. 60대에 들어서자 당신은 이제 도무지 모든 일에 자신이 서지 않게 되자 모든 것을 포기했습니다."

여자가 대답했다.

"맞아요. 그 말이 맞아요. 그리고 그 뒤에 원하던 남자를 만나서 오 년 세월을 꿈처럼 보냈지요. 하지만 아직도 모르겠어요. 왜 그렇게 긴 시간이 걸렸나요?"

"대답은 간단합니다. 당신이 원하고 기다리던 그 남자는 당신이 선택한 것이 아니라 당신이 선택을 포기한 그 순간에 그 남자에게 당신이 선택된 것이랍니다."

비를 맞고 있는 사람에게 필요한 것은 우산이 아니라 조용히 곁으로 다가와 함께 비를 맞아주는 사람이라고 합니다. 사랑도 마찬가지가 아닐까요? 수많은 이유와 조건이 아니라 조용히 함께 할 수 있는 마음 말입니다.

거울의 도시

두 사내가 여행을 떠나게 되었다.

한 사람은 언제나 웃었고 나머지 한 사람은 언제나 찌푸린 얼굴이었다. 두 사내는 이곳 저곳을 여행하면서 부지런히 돌아다녔다.

두 사람은 한참을 여행하다가 거울의 도시라는 곳에 도착하게 되었다. 놀랍게도 도시 전체가 거울로 뒤덮여 있었다. 두 사람은 전에 한 번도 본 적이 없는 광경에 신기한 듯 이리저리 살폈다.

모든 구경을 마치고 도시를 벗어나자 언제나 웃고 다니는 사내가 다시 한 번 뒤를 돌아보며 말했다.

"그토록 웃는 사람이 많으니 참 아름다운 도시야."

그러자 찌푸린 얼굴의 사내가 알 수 없다는 듯이 물었다.

"아니, 웃는 얼굴이라니? 내가 본 모습이라고는 모두 찌푸린 얼굴뿐이었는걸."

두 사람이 밤하늘을 바라보고 있습니다. 그러나 한 사람은 반짝이는 별을 바라보고 있었고 다른 한 사람은 끝없는 어둠을 응시하고 있었습니다. 집으로 돌아오며 각각 생각했습니다.

'세상은 정말 멋진 곳이야.'

'세상은 정말 어둡군.'

세상을 보는 것은 눈이 아니라 마음입니다. 그리고 그 마음은 얼굴로 나타납니다.

아픔을 함께 하는 사랑

한 어머니가 아들의 전사통지서를 받았다. 전쟁터에서 죽어 갔을 아들의 모습을 생각하면 할수록 어머니는 더욱 가슴이 아팠고 슬픔을 도저히 견딜 수가 없었다.

어머니는 간절히 기도를 올렸다.

"아! 한 번만이라도 내 아들을 볼 수 있다면……"

하늘의 천사가 그 애절한 기도를 듣고는 말했다.

"아들을 오 분 동안만 만나게 해드릴게요. 그런데 몇 살 때의 아들을 만나고 싶나요? 재롱으로 당신을 즐겁게 해주던 귀여운 모습의 아들인가요? 아니면 군인으로서 훌륭하게 싸울 때의 자랑스런 모습의 아들인가요?"

어머니는 찬찬히 생각하더니 대답하였다.

"언젠가 잘못을 저지르고 나에게 용서를 빌기 위해 정원을 가로질러 달려오던 그 때의 내 아들과 만나게 해주십시오. 그때 그 아이는 너무 어려서 무척 낙심하고 있었어요. 눈물 자국으로 얼룩진 애처로운 모습으로 내 품을 향해 뛰어 들어왔기에 가슴이 무척 아팠던 기억이 납니다. 어렵고 힘들었던 그때의 아들을 만나 다시 한 번 껴안아 주고 싶습니다."

아프리카 벽지에 사는 펠리컨이라는 새는 어린 새끼를 위해서 먼 산에서 물을 길어오고 바다에서 고기를 잡아와서 먹이고 기근이 닥쳐오면 가슴에서 피를 토해 새끼에게 먹이고 자신은 죽는다고 합니다. 아름답지만 쉽지 않은 사랑이야기입니다.

부모가 자식 생각하는 사랑이 아닐런지요. 부모 자신의 삶은 비록 먼지가 나고 더러울지라도 자식의 삶은 사랑과 기쁨으로 가득하기를 바라는 마음입니다.

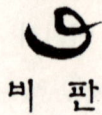

비 판

어느 마을에 다른 사람을 비난하기 좋아하는 사람이 있었는데 그는 늘 천당에 가기를 빌었다.

그래서 천당의 심판관은 그를 받아 주기로 하면서 비난하지 않겠다는 조건과, 한 번이라도 다른 이를 비난하면 천당에서 내쫓겠다는 조건이었다. 그래서 그는 아무 말 하지 않고 그냥 잘 지내겠노라고 약속하였다.

그렇게 천당에 가게 되어 식당에 들어가니 한 천사가 식사를 하고 있었다. 그런데 숟가락을 놔두고 포크로 국물을 떠먹고 있었다. 그 사람은 말을 하고 싶었지만 겨우 참았다.

그 다음날 길을 가는데 한 천사가 물을 긷고 있었다. 그런데 독을 보니 밑에 구멍이 나 있었다. 한 마디 하려다가 약속 때문에 어쩔 수 없이 참았다.

그렇게 입에서 말이 나오는 것을 참고 참아 다시 길을 가고 있는데 마차가 개울에 빠져 있는 것이 보였다. 그런데 자세히 보니 한 천사는 이쪽에서 꺼낸다고 잡아당기고 또다른 한 천사는 저쪽에서 당긴다고 힘을 쓰고 있었다. 참다참다 도저히 참을 수가 없어서 급기야 입을 열었다.

"이 바보들아! 수레를 빼내려면 한 명은 잡아당기고 한 명은 밀어주어야 할 것이 아니냐."

그 순간 주위에 있던 천사들이 몰려오더니 약속을 어겼으니 천당에서 몰아내야 한다고 하였다.

그제야 바보는 바로 자신이라는 사실을 깨달았다.

따뜻한 말 한 마디에 담긴 사랑의 격려는 사람의 인생을 바꾸어 놓을 수 있습니다. 당신은 주위 사람들에게 어떤 말로 대하십니까.

얼굴에 침을

청빈한 삶을 사는 한 수도자는 느끼고 생각한 것을 그대로 행동에 옮기는 사람이었다. 그는 아무 것도 소유하지 않고 그야말로 거지와 같은 생활을 하고 있었다.

어느 날 그 동네의 부자가 수도자의 명성을 듣고 그를 자신의 집으로 초대하였다. 부자의 집은 졸부답게 입구에서부터 온통 값비싼 대리석과 금으로 번쩍거렸다. 부자는 수도자에게 말할 기회를 단 일 분도 주지 않고 집안 자랑을 늘어놓기 시작했다.

그런데 수도자는 주위를 두리번거리다가 갑자기 부자의 얼굴에 침을 뱉었다. 명성이 자자한 수도자의 이 어이없는 행동에 놀라 당황해하는 부자에게 수도자는 말했다.

"그대의 집과 정원은 정말로 훌륭합니다. 이렇게 아름답

고 깨끗한 집에서 내가 침을 뱉을 곳이라고는 그대의 얼굴
밖에는 없었습니다."

 거만과 탐욕으로 가득한 얼굴은 곧 쓰레기통과 같습니다.

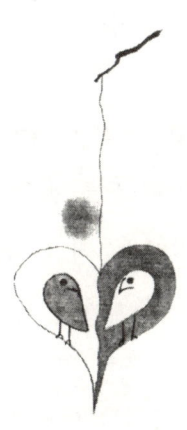

음양의 조화

옛날 한 재상이 외출을 하였는데 아
마도 밤새 자객들의 싸움이라도 있었는지 길가에 죽은 사
람과 다친 사람들이 누워 있었다.

일행은 놀라서 발을 뗄 수가 없었으나 재상은 아무 동요
도 없는 듯 말했다.

"무엇을 하고 있느냐? 갈길을 가지 아니하고."

얼마쯤 가다가 일행은 소를 몰고 오는 농부 한 사람을
만났다. 소가 매우 지친 듯 거친 숨을 몰아쉬며 걸어오고
있었다.

재상은 즉시 걸음을 멈추라 하고 농부에게 물었다.

"이 소는 지금 몇 리나 걸어왔는가?"

농부는 재상의 물음에 무엇을 대답해야 할지 몰라 가만
히 고개만 숙이고 있을 뿐이었다.

일행은 모두 이상하게 생각하였다.

어째서 길거리에 벌어진 싸움으로 사람이 다치고 죽은 것에 대해서는 말없이 지나쳐 오다가 그까짓 소 한 마리가 힘들어하는 모습을 보고는 그냥 지나치지 못하고 큰 일이나 생긴 듯 하니 말이다.

재상을 모시던 하인 하나가 이상히 여기다 못해 묻자 재상은 가르치듯 말했다.

"사람들이 싸움을 벌여 다치고 죽는 것은 안타까운 일이나 그것은 이 고을의 원이 처리해야 하는 것이 원칙이다. 그러나 재상인 나로서는 한 마리의 소가 지친 듯 보이는 것은 그냥 지나칠 수 없는 일이다. 지금은 때가 봄이고 음양으로 말하자면 양기가 조금씩 움직일 때이니라. 그런데 소가 저처럼 힘들고 지쳐하는 것을 보니 소의 주인이 계절을 생각하지 않고 소를 부린 것이 분명하다. 재상의 임무 중에는 음양의 조화라고 하는 것이 있느니라. 그러하니 내가 소의 모습을 보고 어찌 그냥 지나칠 수가 있었겠느냐?"

중국 당나라 태종 때의 일입니다. 이광이라는 장군이 변방의 한 부대장으로 있었는데 마침 그 근처를 지나던 태종 황제가 예고도 없이 그 부대를 찾았습니다. 수많은 호위병들을 앞세운 위풍당당한 행렬이 그 부대 앞에 이르렀을 때 정문을 지키던 병사 하나가 그 행렬을 가로막았습니다.

"저는 상관으로부터 지시를 받은 바가 없습니다. 돌아가십시오."

기가 막힌 황제의 호위병이 소리를 질렀다.

"황제가 오셨단 말이다."

병사의 대답은 한결같았다.

"천하를 움직이는 것은 황제의 명령이 으뜸이나 전쟁터에서는 장군의 명령이 으뜸입니다."

자신의 직분에만 충실한 것, 그것이 세상을 편안하게 만드는 원칙입니다.

190

희망과 절망의 순간

그날도 어김없이 어부들은 바다로 나갔다. 요사이 수확이 신통치 않았던지라 깊은 바다에 그물을 친 그들은 오늘만은 만선이 되기를 기원하는 심정으로 기다렸다. 그리고 그물을 거둬들이려 할 때 갑자기 활기를 띠게 되었다. 그물이 터질 듯이 무거웠기 때문이다. 배 안의 어부들이 다같이 달려들어 그물을 당기기 시작했다.

"이거 그물 한 번 무겁구먼. 역시 먼바다로 나오길 잘했어. 정말 오랜만에 일할 맛이 나는군. 힘들어도 좋으니 날마다 이랬으면 좋겠어."

어부들은 신이 나서 그물을 끌어올렸다. 하지만 만선의 희망과 기쁨도 한 순간, 그물을 올리고 보니 고기는 몇 마리 없고 누가 버렸는지 쓰레기만 잔뜩 들어 있었다. 힘차게 일하던 어부들은 그만 맥이 풀리고 말았다.

"젠장, 재수가 없는 놈은 뒤로 자빠져도 코가 깨진다더니…… 어휴, 이제는 이 짓도 못해 먹겠군."

어부들은 금방 서글퍼져서 하나 둘 신세타령을 늘어놓기 시작했다. 그때 한 쪽에 조용히 앉아 있던 나이 많은 어부가 이렇게 말하는 것이었다.

"여보게들, 그렇게 실망할 것까지 있겠나? 실망은 희망이랑 남매지간이라네. 늘 서로 함께 다니지. 그래서 새옹지마라는 말도 있지 않은가. 세상에 어디 기쁜 일만 있을 수 있나. 그렇다고 또 어디 슬픈 일만 있겠는가. 조금 전까지만 해도 우리는 그물이 무겁다고 얼마나 기뻐하였나. 지금은 괴로워도 또 이 다음에는 그만큼 즐거운 일이 있을 걸세."

다른 어부가 말했다.

"그래 맞아. 우리 그물을 다시 한 번 던져 보세."

희망은 인생의 빛입니다. 눈이 보이고 태양 빛이 보여도 희망을 잃어버린 사람은 그것을 느끼지 못합니다. 그런 사람의 인생은 어둠의 연속일 것입니다. 그래서 잘 보이는 눈을 가졌으면서도 이 세상은 어둡다고 자살하는 사람도 있습니다. 희망만 있다면 지금 어떤 처지에 있든간에 앞날은 밝을 것입니다.

이루어질 수 없는 싸움

오랜 세월 동안 둘도 없이 절친한 친구 사이로 지내던 두 남자가 나란히 붙어 있는 농장에서 살고 있었다. 두 사람은 곡식을 심고 수확할 때면 언제나 서로 도와주었다.

어느 날 한 친구가 말했다.

"우린 친구가 된지 무척 오래되었지만 지금까지 한 번도 다투어 본 적이 없지 않나? 다른 사람들처럼 우리도 한 번 싸워 보는 것이 어떨까? 재미있지 않겠나?"

"나는 어떻게 해야 싸움이 되는지 모른다네."

먼저 말을 꺼냈던 친구가 잠깐 동안 생각한 뒤에 말을 이었다.

"우린 각자의 땅에 울타리를 만들어 놓지 않았으니까, 저기 저 땅을 가지고 한 번 싸워 보세. 물론 내가 내 땅이

194

라고 우겨보겠네. 그러면 우리도 싸우게 될 걸세."

한 친구가 먼저 시작했다.

"저기 저 땅 보이나? 저 땅은 내 것일세."

"아니야, 내 땅이라네."

"아닐세, 정말로 내 땅이 확실하다네."

"알겠네, 그렇게 확실하다면 자네 말이 맞겠지. 그 땅은 자네 것일세."

두 사람 사이에는 진정 싸움이 불가능했다.

진정한 우정이란 상대를 인정하는 것입니다. 나와 다른 것을 인정하고 나와 다른 생각을 인정하며 나와 다른 가치관까지 포용하는 것입니다.

나와 다른 것들을 존중하는 것, 그것은 모든 사랑과 우정의 시작이자 끝입니다. 내가 나와 다른 것을 존중하고 인정할 때 나와 다른 그것도 나를 인정하고 존중하게 되는 것입니다.

현자와 건달

한 건달 같은 사내가 현자에게 마

욕설을 퍼부었다. 이 사내는 자기의 식구 한 사람이 현

의 제자가 된 것에 불만을 가지고 있었다.

현자는 사내의 욕설을 아무렇지도 않은 표정으로 듣고

다가 사내에게 이렇게 물었다.

만일 그대가 어떤 손님에게 음식을 주었다고 합시다.

런데 그 손님이 음식을 받지 않는다면 그 음식은 누구의

것인지요."

"그야 물론 제 것이지요."

그러자 현자는 은은한 목소리로 이렇게 말했다.

"그와 똑같은 이치입니다. 그대가 내게 욕설을 퍼부었지

만 나는 그것을 받지 않았으니 그 욕설은 여전히 그대의

것인 셈입니다."

196

 다른 사람의 나쁜 점을 들치고 꾸짖기를 너무 엄하게 하지 마십시오. 상대가 그 말을 받아서 감당할 수 있는가도 생각해야 합니다. 남에게 선행을 가르칠 때 너무 높은 것으로 강조하지 마십시오. 선행은 그 사람이 충분히 행할 수 있는 것으로 해야 합니다.

청소부의 이름

어느 대학의 교수가 예고도 하지 않
고 갑자기 시험을 실시하였다. 학생들은 평소 배운 대로
부지런히 답안지를 작성하였다. 그러나 마지막 문제에 이
르자 학생들은 모두 입을 다물 수가 없었다.

'이 강의실을 청소하는 아주머니의 이름은 무엇인가?'

강의실을 청소하는 아주머니와 얼굴을 가끔 마주친 학생
들은 있었지만 그녀가 큰 키에 검은 머리 그리고 50대 후
반이라는 정도 외에는 다른 것을 알고 있는 학생은 없었
다. 학생들은 마지막 문제를 풀지 못한 채 그대로 시험지
를 제출하였다.

수업이 끝나기 전에 학생 하나가 마지막 문제에 불만을
표현했다. 그러자 교수가 대답하였다.

"여러분은 앞으로 인생을 살아가면서 여러 사람들을 만

나게 될 것입니다. 그들 모두가 중요한 사람들입니다. 그들은 여러분의 관심과 보살핌을 받을 자격이 있습니다. 설령 여러분이 그들에게 해줄 수 있는 게 미소와 한 마디의 인사뿐이라 할지라도 말입니다."

우리의 삶은 끊임없는 만남으로 이어집니다. 그러나 만나고 싶은 만남이 있고 만나고 싶지 않은 만남도 있습니다. 또한 만나서는 안 되는 만남이 있고 만나고 싶지 않은데 만나야 하는 만남도 있습니다. 그래서 우리는 여러 만남을 통해서 인생이 자신의 뜻과 같지 않음을 배울 수 있습니다.

사랑하면서도 헤어져야 하고 미워하면서도 만나야 하는 것이 우리 인생의 이유인 것입니다. 그래서 만남은 소중한 것입니다.

미리 깨뜨리는 마음

어떤 나라의 왕이 아름답게 세공된 도자기와 유리로 된 꽃병을 선물로 받았다. 그것들은 보면 볼수록 매우 섬세하고 아름다웠기 때문에 마음이 흡족해진 왕은 그것을 선물한 사람에게 많은 하사금을 주었다.

그런데 선물한 사람이 돌아간지 얼마 되지 않아 왕은 갑자기 도자기와 꽃병을 들어서 바닥에 집어던졌다. 그 도자기와 꽃병은 산산조각이 나고 말았다.

그 자리에 있던 신하들은 왕의 갑자기 변한 태도에 놀라 그 이유를 물었다.

"나는 가끔 아무 것도 아닌 일에 몹시 흥분되어 성이 날 때가 있소. 이 도자기와 꽃병은 아름답기는 하지만 깨지기 쉬운 물건이오. 그런데 시중을 드는 아이 중 누구 하나가 자칫 잘못하여 이 도자기와 꽃병을 깰지도 모를 일이오.

만약 그런 일이 생긴다면 어떻게 되겠소? 보나마나 나는
몹시 화가 나서 그 시종을 당장에 죽여 버리라고 명령을
내릴 것이오. 그 꽃병과 도자기 때문에 충실하고 정직한
시종을 죽이는 그런 일이 생기는 것보다 차라리 지금 내
손으로 그것을 깨뜨려 버리는 것이 좋지 않겠소?"

많은 재물을 지닌 사람은 도둑이 무서워 잠을 이루지 못하고
아름다운 여인을 아내로 둔 사내는 뭇 남자들이 의심스러워 밭으로 일을
나가지 못한다고 합니다.

그러나 부자의 적은 도둑이 아니고 사내의 근심은 근처에 있는 남자들
이 아닙니다. 바로 자신의 마음속에 위치한 욕심이고 두려움입니다.

용 서

한 소년이 온몸에 흙탕 칠을 하고 머리는 흐트러지고 물이 뚝뚝 떨어지는 채로 집에 들어오면서 어머니에게 말했다.

"친구가 제 책들을 담 너머로 던져 버리고 저를 진흙탕 속으로 밀어 넣었어요."

소년은 이렇게 말한 후 더운물이 가득한 욕조로 가서 흙 투성이가 된 옷을 벗으며 의기양양하게 말을 이었다.

"그렇지만 나도 그 녀석을 가만두지 않았어요."

"너도 그 친구를 혼내 주었구나?"

소년은 물 속에 몸을 담그면서 말을 이었다.

"아니요, 저는 그 아이를 용서했어요."

용서하는 사람이 때로 약하고 줏대 없는 사람으로 묘사되는 일이 있습니다만 사실 그와는 정반대입니다. 강한 사람만이 용서할 수 있습니다. 용서란 매우 적극적인 힘이기 때문입니다. 용서는 당신과 당신이 사랑하는 사람을 변화시킬 수 있습니다.

꾸며진 가난

거지가 어느 집에 와서 음식을 구걸하였다. 그 집의 부인은 그에게 매우 연민을 느끼고 말했다.

"당신에게 음식을 드리지요. 그리고 일할 마음이 있다면 쪼개야 할 나무가 있는데 한 번 해보시겠습니까? 일한 만큼의 보수는 드리겠습니다."

그래서 거지는 나무를 쪼개었고 일을 끝낸 후에 돌아가려고 하자 그 부인이 말했다.

"당신의 옷에 구멍이 뚫려 있군요. 나에게 주세요. 바로 수선해 드리지요."

거지가 말했다.

"아닙니다. 내 옷의 구멍은 매우 중요합니다. 수선된 옷을 입는다면 그것은 꾸며진 가난이 됩니다. 옷에 구멍이 있다면 그 구멍은 아마 바로 직전의 어떤 사고 때문에 생긴 것으로 보일 것입니다. 그러나 그 구멍을 기우면 오래 전 것처럼 보입니다. 그 구멍이 바로 직전의 사고로 생긴 것이 아니라 오래 전에 생긴 것으로, 그 위에 기워지고 수선된 것으로 여겨집니다. 그것은 꾸며진 가난이 됩니다. 내 가난이 자연스럽게 보이도록 내버려두십시오."

가난 때문에 겁을 먹거나 지지 않도록 하십시오. 좋아하는 일에 인생을 걸고 있다면 때로는 돈이 많고 때로는 돈이 적어지는 것에 대해 별로 얽매이지 않게 될 것입니다. 그리고 정말 강한 사람은 설사 파산을 하더라도 웃음과 여유를 잃지 않고 다시 도전을 시작합니다. 돈을 잃어 가난해지더라도 마음속의 재산은 잃지 않는 것입니다.

가난이란 물질적으로 돈이 없는 것을 말합니다. 그에 비해서 정신적인 가난이란 돈이 있어도 마음이 비어 있는 경우를 말합니다. 돈이 없는 가난은 작은 불행이지만 정신적인 가난이야말로 큰 불행입니다.

세상에서 살아가려면

어느 날 아우가 형에게 말했다.

"저는 모든 걱정을 떨쳐 버리고 아무 방해 없이 그저 혼자서 지내고 싶습니다."

그렇게 말하고 그는 정처 없이 길을 떠났다가 일주일만에 다시 형에게로 돌아왔다. 그가 문을 두드리자 안에서 형이 물었다.

"누구시오?"

"형. 저예요. 문 좀 열어 주세요."

"내 아우는 이제 더 이상 사람들 속에서 살지 않는답니다."

다시 아우가 사정을 하며 말했다.

"형 저예요. 문 좀 열어 주세요."

하지만 형은 이튿날 아침까지 문을 열어 주지 않았다.

206

아우는 할 수 없이 문 밖에서 기다렸다. 아침이 되어 문을 열고 나온 형이 말했다.

"사람으로 태어난 이상 너는 세상에서 살기 위해 부지런히 노력해야만 한단다."

아우가 눈물을 흘리며 말했다.

"용서해 주세요. 제가 잘못 생각했어요."

불교 용어에 연기(緣起)라는 것이 있습니다. 갈대의 묶음을 말하는 것입니다. 갈대 하나는 서기 어렵지만 그 갈대를 다발로 묶으면 쉽게 설 수 있습니다.

우리의 삶 또한 갈대와 같습니다. 남이 있기에 내가 존재하고 내가 존재하기에 남이 있는 것입니다. 그렇게 살아가는 것이 공동체의 삶입니다. 혼자만 잘 살고 혼자만 편하면 그만이라는 그릇된 생각에서 깨어나야 합니다. 더불어 사는 것이 진정한 인생살이 아니겠는지요.

행복한 사람

명성이 자자한 시인이 왕을 만날 기회가 있었다. 왕은 오래 전부터 그의 명성을 들어온 터라 그에게 이것저것 물을 것이 참으로 많았다.

왕이 시인에게 물었다.

"당신이 생각하기에 누가 가장 행복하다고 생각하시오?"

"그야 물론 신이지요."

왕이 맞장구를 쳤다.

"그야 물론 그렇겠지. 그렇다면 신 다음으로는 누가 가장 행복하겠소?"

시인은 생각에 잠겼다. 한참을 생각하고 나서야 비로소 대답했다.

"신 다음으로 가장 행복한 사람은 그런 신을 닮으려고 노력하는 사람이겠지요."

굉장한 부자였지만 스스로를 불행하다고 생각하는 여인이 있었습니다. 여인은 현자를 찾아가 물었습니다.

여인의 이야기를 듣고 난 현자는 이렇게 말했습니다.

"당신은 지금까지 사치와 무위도식 속에서 행복을 찾으려고 하였소. 부인이 행복해지기를 원한다면 뭔가 신이 나서 할 수 있는 일이 필요하오. 생의 의미를 찾을 수 있는 일 말이오."

진정으로 행복한 사람은 일을 하며 노력하는 사람입니다.

작은 꽃의 다른 세상

키가 큰 상수리나무 밑에서 자라는 작은 꽃이 있었다. 이 작은 꽃은 자기를 보호해 주고 있는 나무 그늘과 자신이 누리고 있는 평온함을 아주 소중히 여겼다.

그러나 오래지 않아 한 나무꾼이 와서 그 상수리나무를 베어 버렸다. 작은 꽃은 슬픔에 젖어 말했다.

"아! 이제부터 거친 바람이 불어닥치고 비바람이 나를 쓰러뜨리고 말 거야."

작은 꽃의 천사가 그를 위로하며 말했다.

"그렇지 않단다. 이제부터는 태양이 너를 비춰 주고 단비가 너를 촉촉이 적셔 줄 거야. 이제 너의 연약한 몸은 더욱 귀엽게 자라고 활짝 핀 꽃잎은 햇빛 아래서 더욱 탐스럽게 빛날 거야."

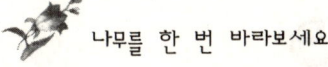 나무를 한 번 바라보세요.

작은 나무건 몇 백년을 살아온 나무건 가지가 이곳 저곳으로 뻗어나온 모습을 볼 수 있습니다. 옛날 속담에 가지 많은 나무에 바람 잘날 없다는 말이 있지만 바람은 불어야 하고 가지도 흔들려야만 강해질 수 있습니다. 그래야 굵은 가지에 보기 좋은 열매를 맺을 수 있습니다.

우리 삶의 나뭇가지에도 바람이 불어야 합니다. 고난의 바람도, 고통의 바람도 견디어 내야만 좋은 열매를 맺을 수 있게 되는 것입니다.

모든 일에는 빛과 그림자가 함께 존재합니다. 다만 그 빛과 그림자 중에 어느 쪽을 바라보며 살고 있는지의 여부가 그 사람의 행복과 불행을 결정할 뿐입니다.

불행나라의 행복

항상 불행하다고 생각하는 불행 나라의 한 젊은이가 행복 나라로 유학을 가게 되었다. 불행 나라 안의 모든 사람들이 기대에 차서 말했다.

"우리는 정말 불행하다네. 그러니 열심히 공부해서 꼭 행복을 배워 오게나."

젊은이는 행복 나라에서 열심히 공부를 해서 드디어 자기 나라로 돌아와 연설을 하게 되었다.

"정말 끔찍했어요. 거기에는 행복밖에 배울 것이 없답니다. 정말 징그럽게 행복만 배우다가 왔습니다."

행복 나라의 한 젊은이도 많은 사람들의 기대를 받으며 불행 나라로 유학을 떠났다. 그는 불행 나라에서 문화와 역사를 공부하고 자기 나라로 돌아와 연설을 하게 되었다.

"저는 정말 행복한 사람입니다. 불행 나라 사람들에게

진심으로 감사합니다. 행복이 얼마나 중요한 것인지 배웠습니다."

여행을 싫어하는 사람은 별로 없습니다. 새로운 풍물을 만나고 멋진 자연을 접하고 새로운 별미의 음식을 맛볼 수 있기 때문입니다. 그러나 이상한 일이 하나 있습니다. 아무리 즐겁고 유쾌한 여행을 떠났던 사람이라도 여행을 끝내고 집으로 돌아오면 모두들 똑같은 말을 합니다.

"아! 역시 우리 집이 최고야."

떠나는 이유는 돌아오기 위함입니다. 다시 제자리로 돌아와 원래의 자리가 얼마나 행복한 곳인지 깨닫기 위함입니다. 주변을 새로운 눈으로 돌아보세요.

노력해도 안 되는

어떤 나그네가 부지런히 길을 가고
있기에 한 노인이 물어 보았다.

"여보시오, 당신은 어디를 그렇게 바쁘게 가는 거요?"

나그네는 서울에 간다고 대답하며 발길을 멈추지 않는
것이었다. 그런데 지금 그 나그네가 가는 길은 서울로 가
는 정반대의 길인지라 노인이 딱하다는 듯이 말했다.

"서울은 남쪽으로 가야지, 북쪽으로 가면 어떻게 합니
까?"

그러자 나그네가 말했다.

"염려하지 마십시오, 나는 성실하고 부지런한 사람이니
노력만 하면 안 될 것도 없지요."

사람은 누구나 목적이나 목표가 있어야만 그것을 이루어내려는 욕구가 생깁니다. 그러나 목표가 끊임없이 변하거나 목표 자체를 잘못 정했다면 아무리 묘수를 발휘한다 해도 능력을 발휘할 수 없습니다. 목표가 수시로 변하는 사람은 자신이 정말 무엇을 하고 싶은지 잘 모르기 때문이 아닐까 하는 생각도 듭니다.

　확실한 목표를 정했다면 그 목표를 달성하기 위해 노력해 가는 과정이 행복이며 보람일 것입니다.

가냘픈 줄기

어느 날 아버지가 아이들을 데리고 들판을 거닐고 있었다. 누렇게 무르익은 곡식 위로 바람이 불어 황금빛 이삭들이 파도처럼 출렁이고 있었다.

"아버지, 놀랍지 않아요? 바람이 부는데도 저 가냘픈 곡식 줄기들이 꺾이지 않다니……"

그러자 아버지가 말했다.

"애야, 저 줄기들이 얼마나 유연한지 보거라. 저 줄기들은 바람이 불면 부는 대로 휘어졌다가 바람이 지나가 버리면 다시 일어서지 않니? 또 저 줄기들이 어떻게 서로를 도와서 지탱해 주는지 보거라. 줄기 하나라면 곧 땅으로 휘어져 버리고 말겠지만 가까이 붙어서 자라고 있는 그 많은 줄기들이 서로를 도와서 똑바로 서 있도록 지탱해 주고 있는 거란다. 우리가 살고 있는 세상도 마찬가지란다. 인

216

생의 온갖 괴로움들이 폭풍처럼 우리들에게 몰려 올 때 우리가 서로를 붙들어 준다면 우리는 모두가 쓰러지지 않고 지탱할 수 있게 된단다."

　　　　　　　이 세상에 다른 어떤 것의 도움 하나도 없이 온전히 혼자 이뤄내는 삶이 있을까요?

열매는 반드시 가지가 있어야 맺힙니다. 가지는 나무에 붙어 있어야 하며 나무는 뿌리와 연결되어 있고 뿌리는 흙에 묻혀 있어야 합니다. 흙은 충분한 자양분과 수분을 가지고 있어야 합니다. 그밖에 적당한 일조량도 있어야 하고 적외선과 자외선이 공급되고 비도 내려야 합니다. 공기와 그 가운데 있는 탄산가스와 산소도 필요합니다. 이들 모두가 통합되었을 때 한 그루의 나무에서 우리는 열매를 얻어 낼 수 있습니다.

이 세상은 나만 잘한다고 나만 똑똑하다고 잘 살 수는 없으며, 결코 혼자서는 살아갈 수 없습니다. 모두가 함께 어울려 서로에게 도움이 되어 주고 또 누군가에게 필요한 존재가 되어줌으로써 뜻 있는 인생의 열매를 얻을 수 있는 것입니다.

곧 죽을 거래요

한 남자가 종합 검진을 받으러 병원을 찾았다. 검사를 마치자 의사가 남자의 아내를 불러 이렇게 말했다.

"부인, 제가 말씀드리는 대로 하지 않으면 부군께서는 오래 살지 못할 것입니다."

의사는 아내가 할 일을 일러주었다.

"매일 아침 몸에 좋은 아침 식사를 거르지 않도록 하십시오. 그리고 매일 점심 때에는 남편께서 집에 오셔서 점심을 드시도록 하세요. 저지방, 고섬유질의 균형 잡힌 식사를 준비하여야 합니다. 그리고 매일 저녁 따끈한 식사를 해 드리고 집안 일로 부담을 주지 않도록 하십시오. 그리고 마지막으로 집안을 항상 청결하게 유지해서 부군께서 불필요한 세균에 노출되지 않도록 하십시오."

집으로 돌아가는 길에 남편은 아내에게 의사가 뭐라고 하더냐고 물었다.

아내는 생각에 잠기더니 이윽고 입을 열었다.

"당신이 곧 죽게 될 거래요."

부주의한 말 한 마디가 싸움의 불씨가 되고 잔인한 말 한 마디가 삶을 파괴하며, 쓰디쓴 말 한 마디가 증오의 씨를 뿌리고 무례한 말 한 마디가 사랑의 불을 끕니다.

따뜻한 말 한 마디가 길을 평탄하게 하고 즐거운 말 한 마디가 하루를 빛나게 합니다. 때에 맞는 말 한 마디가 긴장을 풀어주고 사랑의 말 한 마디가 축복을 줍니다.

세상에 보낸 이유

그날도 다른 날과 마찬가지로 한 젊은 여자가 어린 딸을 데리고 길가 모퉁이에서 돈이든 음식이든 무엇이든지 도움이 될 만한 것을 구걸하며 초라하게 서 있었다. 엄마뿐만 아니라 어린 딸도 아주 형편없는 옷차림에다가 더럽고 지저분한 것이 보는 사람의 얼굴을 찡그리게 만들 정도였다.

모녀가 서 있는 곳 옆으로 잘 차려 입은 한 중년 신사가 모퉁이를 지나가고 있었지만 소녀에게는 눈길 한 번 주지 않았다. 하지만 신사는 자신의 좋은 집, 행복하고 편안한 가정으로 돌아와 잘 차려진 저녁을 먹었을 때 문득 모퉁이에 서 있던 그 어린 소녀가 생각났다. 그래서 그는 그런 상황들이 존재하도록 내버려두는 신에게 원망을 늘어놓았다.

"어떻게 이런 일이 있도록 방치해 둘 수 있습니까? 왜 그 모녀를 도울 수 있는 아무런 조치도 취하지 않습니까?"

그 순간 신이 그에게 답하였다.

"난 분명히 조치를 취하였느니라. 내가 너를 세상에 보내지 않았더냐?"

방금 당신이 무심코 지나쳐버린 불쌍한 사람이 변장을 하고 하늘에서 내려온 천사라고 생각해 본 적은 없습니까?

반드시 필요한 일이지만 당신이 바빠서 혹은 귀찮아서 라는 이유로 지나쳐버린 일들은 다른 사람에게도 똑같은 이유로 외면 당하기 마련입니다.

세상에서 가장 소중한 96가지 이야기

엮은이 / 이도환
펴낸이 / 최병섭
펴낸곳 / 이가출판사

1판1쇄 발행 / 1999년 11월 15일
1판4쇄 발행 / 2002년 6월 10일

출판등록 / 1987년11월 23일 제 1-547호
주소 / 서울시 마포구 현석동 44번지
        (대진빌딩 202호)
전화번호 / 713-1993, 팩스 / 713-1994

값 6,500원

잘못된 책은 바꿔드립니다
ISBN 89-7547-052-0